»Das Theater ist das Abenteuer meines Lebens.« Wer nach dieser Maxime in Afrika Stücke inszeniert und einen melancholisch-mürrischen Kommissar Kurt Wallander als Partner hat, der für ihn die Heimat nach versteckten Lügen und Fallen durchkämmt, hat auch auf der Bühne etwas zu erzählen:
Etwa davon, wie *Der gewissenlose Mörder Hasse Karlsson die entsetzliche Wahrheit enthüllt, wie die Frau über der Eisenbahnbrücke zu Tode gekommen ist.* Neben dieser Kriminalballade steht *Antilopen*, ein Stück über den Albtraum Afrika, dem man in unserer *Zeit im Dunkeln* nicht ausweichen kann.
Drei Theaterstücke des schwedischen Bestsellerautors Henning Mankell, der im Mai 2003 *Zeit im Dunkeln* selbst am schauspielfrankfurt inszeniert.

Henning Mankell, 1948 in Härjedalen, Nordschweden, geboren; arbeitete für verschiedene Theater in Schweden als Regisseur, Autor und Intendant. Seit 1985 pendelt er zwischen Schweden und Maputo, Mosambik, wo er das Theaterensemble *Teatro Avenida* aufgebaut hat. Berühmt wurde er durch seine Wallander-Krimibestseller, versteht sich aber im Hauptberuf als Regisseur und Theaterautor.

Unsere Adresse im Internet: www.fischer-tb.de

Henning Mankell
Zeit im Dunkeln

Drei Theaterstücke

Aus dem Schwedischen von
Hansjörg Betschart

Fischer Taschenbuch Verlag

Originalausgabe
Veröffentlicht im Fischer Taschenbuch Verlag,
einem Unternehmen der S. Fischer Verlag GmbH,
Frankfurt am Main, Mai 2003

Satz: Pinkuin Satz und Datentechnik, Berlin
Druck und Bindung: Clausen & Bosse, Leck
Printed in Germany
ISBN 3-596-15980-6

Inhalt

Antilopen

Personen

DER MANN
DIE FRAU
LUNDIN, DER NACHFOLGER

Akt 1: Der Leopard jagt in einer inneren Leere.
Akt 2: Die Antilopen fliehen über Ebenen.

Afrika in unserer Zeit.

Die Bühnenlandschaft stellt eine bewusst künstliche Villengegend dar. Beim ersten Hinschauen ist auf der Bühne nichts anderes als der Living-Room und eine Treppe in das Obergeschoss zu sehen. Es gibt eine Tür nach draußen, vergitterte Fenster und schwere Gardinen. Der Raum könnte auch von einem wohlhabenden Mittelklassemenschen ohne große Ambitionen so möbliert worden sein und sich ebenso auch in einem gut situierten Vorort in irgendeiner Großstadt in Europa befinden. Aber das Haus liegt in Afrika. Über die Schwellen kriecht bereits die afrikanische Landschaft, Büsche, brennende Ebenen, ins Innere des Hauses. Aus den Spiegeln spendet die Abendsonne ihr rotes Licht. Das Quaken der Frösche und das Ächzen der Flusspferde legen sich aus dem fernen Flussbett über das Haus. Afrika nähert sich, mit wandernden Termiten, und zwischen den Möbeln sprießt bereits das Elefantengras. Sogar das Bühnenbild ist ein Kampf zwischen Unvereinbarem. Zwischen Lüge und Wahrheit.
Die Hauptpersonen des Stückes sind die Schwarzen. Aber die sind nicht zu sehen.

Henning Mankell

Akt 1

Der Leopard jagt in einer inneren Leere

Der Mann steht allein auf der Bühne in einem verklärten Offenbarungslicht. Er ist halb nackt, eine verwahrloste Gestalt, sein mittleres Alter verleugnend. Es ist warm, und er ist stark verschwitzt. Er lauscht den Fröschen. Er nimmt aufmerksam all die Geräusche der afrikanischen Nacht auf. Das Quaken der Frösche. Das Sirren der Zikaden. Plötzlich geht er zum Grammophon und legt eine Schallplatte auf. Ein Lied von Jussi Börling aus den dreißiger Jahren erklingt. Im Schatten der Musik lugt er durch die schweren Gardinen zum Fenster hinaus. Er entdeckt etwas Unangenehmes.
Die Frau kommt über die Treppe aus dem oberen Teil des Hauses nach unten. Auch sie ist nur halb gekleidet und verschwitzt. Ihr Hände wirken wie kampfbereite Klauen, da sie ihre Finger zum Trocknen des Nagellackes spreizt. Die Musik wird leiser …

FRAU Was ist?
MANN Jetzt hängt ihr wieder die Brust raus.
FRAU Ich habe ihr gesagt, sie solle die Knöpfe schließen!
MANN Glaubst du mir nicht?
FRAU Wo ist sie?
MANN Sie leert die Mülltonnen. Sie bringt den Müll raus.
FRAU Das hätte sie doch schon lange machen sollen. *Sie lugt zwischen den Gardinen hinaus.*
MANN Was habe ich gesagt?
FRAU Eine Brust hängt heraus.
MANN Beide Brüste hängen heraus. Bei so etwas täuschen mich meine Augen nicht.
FRAU Sicher nicht.
MANN Was meinst du damit?
FRAU Nichts.
MANN Wovon redest du?
FRAU Wir reden wohl darüber, was du gesehen und was du nicht gesehen hast!
MANN Warum sollen wir über mich reden? Es geht hier um Edith. Das

sieht derart schluderig aus, wenn die Brust raushängt und so herumschwabbelt. Da sind wir uns ja einig. Warum hast du es ihr nicht gesagt?

FRAU Ich habe sie zurechtgewiesen.

MANN Was hast du gesagt?

FRAU Sie soll die Bluse so zuknöpfen, dass die Brüste nicht mehr heraushängen.

MANN Trägt sie übrigens deine Bluse?

FRAU Sie hat sie geschenkt erhalten.

MANN Eine Seidenbluse?

FRAU Ja.

MANN Eine teure Bluse aus Rohseide?

FRAU Ja.

MANN Die schenkst du einfach so weiter?

FRAU Ich habe sie nie getragen. Ich habe sie nie gemocht.

MANN Ich habe sie dir persönlich gekauft. Nein, daran erinnerst du dich nicht. Was hat sie gesagt?

FRAU Sie hat sich für die Bluse bedankt. Was hast du erwartet?

MANN Ich habe nicht danach gefragt. Was hat sie geantwortet, als du ihr gesagt hast, wir mögen es nicht, wenn sie ihre Brüste raushängen lässt?

FRAU Warum fragst du nicht, was sie darüber denkt?

MANN Die denken nicht. Auf jeden Fall nicht wie wir.

FRAU Du musst sie zurechtweisen, wenn sie reinkommt.

MANN Ich habe keine Zeit. Ich bin noch nicht einmal angezogen. Wie viel Uhr ist es?

FRAU Du schaffst es.

MANN Was ist das für eine Antwort. Wie viel Uhr ist es?

FRAU Warum bist du so nervös?

MANN Du bist nervös. Warum sollte ich nervös sein? Ich habe aufgehört, nervös zu sein. Ich will nur wissen, wie viel Uhr es ist. Ich will nur wissen, ob die Zeit reicht, mich anzuziehen, ehe er kommt. Willst du dich nicht ein bisschen frisch machen?

FRAU Glaubst du, ich hatte vor, ihn nackt zu empfangen?

MANN Was weiß ich! *Seine Anstrengung und Spannung verwandeln sich plötzlich in Verlorenheit und Wehmut.* Du ziehst dir was Besseres an. Was? Das rote Kleid, das du in Kairo gekauft hast. Das gefällt mir.

FRAU Ich war nie in Kairo.

MANN Aber sicher warst du in Kairo. Wir waren zwei ganze Wochen dort. Wir wohnten in einem Hotel, wo es nach Schafsdärmen aus der Toilette roch. Und eines Tages hattest du ein rotes Kleid gekauft.

FRAU Das Hotel lag direkt hinter den Slums. Es war, als hätten Himmel und Hölle die gleiche Eingangstür ... Da saß ein alter Mann ohne Zähne. Und das rote Kleid war das Einzige, was er zu verkaufen hatte ...

MANN Es gab keine Slums hinter dem Hotel. Und das Kleid hast du in einer exklusiven Boutique in den Geschäftsarkaden gegenüber des Hotels gekauft.

FRAU Das Kleid hatte seiner Tochter gehört. Sie war gestorben. Er verkaufte es, weil er das Geld brauchte.

MANN Ich verstehe nicht, warum du deine Erinnerungen andauernd neu erfinden musst! Warum kannst du dich nicht mit der Wirklichkeit begnügen?

FRAU *schnell* Was bedeutet das eigentlich ...

MANN Was?

FRAU Dass wir nach Hause fahren ...

MANN Es bedeutet, dass wir nach Hause fahren.

FRAU Wohin?

MANN Nach Hause ... das kann doch wohl einfach heißen nach Hause?

FRAU Ich kann den Duft riechen ...

MANN Die Winteräpfel ...

FRAU Koda ... Verbrannter Schmalz in der Bratpfanne ...

MANN Nasse Wollkleider ...

FRAU Unterbrich mich nicht! Regen ... aber nicht wie hier ... Nicht diese Flusspferdpeitschen, die gegen das Dach trommeln ... Eine andere Art von Regen ... Kiefern und der Geruch von Fichtennadel ...

MANN Darf ich dich etwas fragen?

FRAU Ich kann dir nicht antworten.

MANN Wie lange sind wir eigentlich hier in Afrika gewesen?

FRAU Elf Jahre.

MANN So lange?

FRAU Ja.

MANN Was haben wir eigentlich getan? Alles ist wie weggeblasen.

FRAU Wir haben unsere Kleider weggegeben, unsere alten Zahnbürsten. Die Plastikbecher und Dosen, die halbverzehrten Fleischreste, die durchlöcherten Strümpfe … wenn es geholfen hätte, hätten wir uns selber weggegeben …

MANN Ist das alles, was ich getan habe? Meine Sakkos weggegeben. Habe ich nicht mehr getan als meine Sakkos verschenkt? Nichts sonst?

FRAU Ich weiß nicht.

MANN Aber das musst du wissen! Um Himmels willen! Ich fühle mich angeschlagen.

FRAU Du bist krank.

MANN Das ja wohl nicht.

FRAU Ich habe dir gestern einen Wurm aus der Ferse geschnitten. Er war weiß und sieben Zentimeter lang. Ich dachte immer nur, ich muss gleich kotzen.

MANN Ich glaube, ich habe im anderen Fuß auch einen Wurm. Kannst du mal nachsehen?

FRAU Da muss ich erst einmal was trinken.

MANN Ich glaube, ich habe Fieber. Aber wie zum Teufel soll man bei der Hitze Fieber messen?

FRAU Wir haben das Fieberthermometer weggegeben.

MANN Wem?

FRAU Einer der Gattinnen des Nachtwächters. Aber frag mich nicht, welcher. Ich kann mir die Namen nie merken. Aber sie sagte, ihr Kind habe hohes Fieber. Vielleicht war es ja bloß eine Lüge.

MANN Warum hast du ihr gesagt, sie habe zu viele Kinder? Wie viele hat sie? Sieben? Neun? Und die andere Ehefrau! Wie viele hat sie? Wie viele Kinder hat eigentlich Eisenhower? Er soll uns nachts bewachen, Diebe jagen und die Banditen anschreien, die auftauchen, und stattdessen schläft er und schnarcht so laut, dass wir nicht schlafen können. Und tagsüber, wenn er eigentlich schlafen sollte; was macht er stattdessen? Er zeugt Kinder. Dann kommt er hierher und zeigt sie. Ich heiße Lars Rune Ekman. Und wie tauft er seine? Nicht Lars. Nicht Rune. Er nennt sie Ekman. Ekman. Er hatte den Pappkarton von unserem neuen Plattenspieler eben erhalten, als seine Frau die Zwillinge gebar. Zwei Mädchen. Sie heißen jetzt: Bang und Olufsen. Bang Mokotwane und Olufsen Mokotwane. Und er schläft die ganze Zeit. Dauernd schläft dieses Arschloch. Ich erinnere mich nicht mehr, was ich dachte, als ich hier ankam. Was habe ich vor elf Jahren gedacht?

FRAU Ich stand hier und habe über die dunkle Landschaft geblickt. An mehr kann ich mich nicht mehr erinnern.

MANN So war das nicht. Wir sind hier im Sommer angereist. In hellen Sommernächten. Du kannst nicht über eine dunkle Landschaft geblickt haben.

FRAU Erinnerst du dich noch, was du sagtest?

MANN Klar erinnere ich mich daran!

FRAU Und was?

MANN Endlich!

FRAU Und weiter?

MANN Das weiß ich nicht! Ich weiß nur noch, dass ich rief: Endlich!

FRAU Ich kann mich da an etwas anderes erinnern.

Von irgendwoher legt sich ein Schweigen über die beiden. Die afrikanische Geräuschkulisse ist sehr laut.

MANN Manchmal bilde ich mir ein, in mir wohne ein Leopard. Ein Raubtier springt in mir herum und jagt mich.

FRAU Gott sei Dank ist das alles jetzt vorbei.

MANN Wir werden hierher zurückkehren.

FRAU Nie!

MANN Aber Schatz, das haben wir doch beschlossen!

FRAU Du hast es beschlossen. Nicht ich.

MANN Hattest du es hier nicht gut?

FRAU Was glaubst du?

MANN Was, verdammt noch mal, soll ich glauben? »Glauben«, was heißt das? Was ist das? Ich verstehe nicht, was mit dir los ist. Warum erinnerst du dich nicht daran, dass du in Kairo warst? Warum sagst du, wie seien hier elf Jahre gewesen, wenn es mindestens vierzehn sind? Warum ziehst du dich nicht an?

FRAU Warum sind wir eigentlich hier hergereist?

MANN Es war ein Abenteuer. Und heute Abend findet es ein Ende.

FRAU Ein Albtraum.

MANN Ein Auftrag.

FRAU Ein Scheitern.

MANN Wieso? Ich bin hier nicht gescheitert. Ich habe jede Woche ein Fax aus dem Büro erhalten mit aufmunternden Zurufen.

FRAU Du hast deine Sakkos weggegeben. Der Gärtner hat jenes erhalten, welches du trugst, als ich dich meinen Eltern vorgestellt habe. Jetzt hat es Erde in den Taschen …

MANN Du solltest dich jetzt frisch machen … Lundin kommt gleich.

FRAU Warum kommt er allein? Warum kommt seine Frau nicht mit?

MANN Ich habe gehört, er sei geschieden.

FRAU Was weißt du noch?

MANN *schaut durch die Tür in die Küche und mischt sich einen Drink* Ich weiß nicht mehr als du. Er heißt Lundin. Kommt aus Västerås und ist fünfunddreißig Jahre alt. Mehr weiß ich nicht. Und er ist geschieden. Prost. Und danke für all die Jahre.

FRAU Sollen wir uns scheiden lassen?

MANN Natürlich nicht! Aber wir werden Afrika morgen verlassen, Schatz. Hast du das vergessen?

FRAU Ich habe nichts vergessen.

MANN Was ist mit dir los? Du bist so nervös! Du hast Angst vor der Heimreise. Ich werde dir etwas zu trinken geben …

FRAU Ich will nichts.

MANN Klar willst du. Pass auf … Was ist denn das für eine Scheiße?

FRAU Eine Flasche?

MANN Eine leere Gin-Flasche.

FRAU Ich trinke keinen Gin.

MANN Ich habe sie nicht gekauft. Wie kommt die hierher?

FRAU Wie soll ich das wissen. Du kaufst hier den Alkohol, nicht ich.

MANN Ich kaufe diese Marke nie. Ich werfe alle leeren Flaschen weg. Und Edith sammelt sie ein und wirft sie in die Mülltonnen. Was ist das hier für eine Flasche? Wer hat die hier zurückgelassen?

FRAU Mein Gott! Ich sage, ich weiß es nicht …

MANN Jemand muss hier gewesen sein.

FRAU Hast du mich in Verdacht?

MANN Nein! Aber ich mag es nicht, wenn leere Gin-Flaschen auf irgendwelchen obskuren Wegen ins Haus gelangen …

FRAU Geh dich jetzt anziehen …

MANN Gleich. Hier! Prost!

FRAU Ich will nicht.

MANN Du musst nach meinem Fuß schauen. Ich wette, ich habe da auch einen Wurm drin. Irgendetwas bewegt sich da drin. Und dann juckt es wieder wahnsinnig.

FRAU *leert das Glas* Dann leg dich hier hin.

MANN *legt sich aufs Sofa; hält ein Bein hoch* Siehst du etwas?

FRAU Du musst ein bisschen stillhalten.

MANN Aua.

FRAU Ich muss es ausdrücken. Halt das Bein ruhig …

MANN Siehst du etwas?

FRAU Du hast da Wurm-Eier in der Ferse.

MANN Das darf ja nicht wahr sein.

Die Frau lässt sein Bein los.

Wohin gehst du?

FRAU Ich gehe mich anziehen.

MANN Aber ich habe einen Wurm in der Ferse! Ich kann doch meinen Nachfolger nicht empfangen, während ein Wurm in meinem Fuß herumkriecht!

FRAU Ich muss eine Stricknadel holen.

MANN Elisabeth!

FRAU Was ist?

MANN Komm, setz dich her!

FRAU Ich muss mich anziehen. Er kommt bald.

MANN Es gibt etwas, was ich sagen will.

FRAU Ja?

MANN Musst du stehen? Kannst du dich nicht setzen?

FRAU Ich werde mich anziehen.

MANN Jetzt habe ich den Faden verloren … Es war etwas. Was mich immer wieder beschäftigt. Aber ich weiß nicht genau, was. Der Leopard jagt hier drin, und ich denke an etwas Wichtiges. Aber ich vergesse immer wieder, was es ist.

FRAU Erinnerst du dich an den toten Afrikaner, der auf der Treppe lag … er hatte einen Pfeil genau durch den Hals … was hast du eigentlich getan?

MANN Was meinst du?

FRAU Hast du ihnen geholfen zu leben oder zu sterben?

MANN Darauf habe ich schon in all meinen Scheißberichten geantwortet. Wir müssen uns entscheiden, habe ich geschrieben, ob wir ihnen helfen wollen zu leben oder zu sterben. Beides können wir nicht. Wir müssen uns für eines entscheiden … Darauf blieben sie die Antwort schuldig. Als würde ich nicht mehr existieren. Schreibe mehr über diese Trommeln in der Nacht, baten mich die vornehmen Damen der Weltbank. Welche Trommeln, fragte ich. Das sind keine

Trommeln. Das sind Hammerschläge. Das sind arme Schnitzer, die Nägel in Kindersärge schlagen. Weil ihre Kinder an Unterernährung sterben. DAS SIND KEINE TROMMELN. DAS SIND HAMMERSCHLÄGE! Ich schreibe ihnen noch einmal: SOLLEN WIR IHNEN HELFEN ZU LEBEN ODER HELFEN ZU STERBEN? *Langes Schweigen. Quaken der Frösche. Die Frau schaut durch die Gardinen hinaus. Der Mann steht unschlüssig mitten im Raum.* Am besten ziehe ich mich jetzt an.

FRAU Meinst du, er wird hungrig sein, wenn er kommt? Sollen wir Edith bitten, etwas zu kochen?

MANN Er fliegt mit Lufthansa. Die haben eine gute Küche. Wiener Schnitzel in dickflüssigen Soßen. Ich glaube nicht, dass er Hunger haben wird.

FRAU *schnell* Wann werden wir eigentlich über all das reden, was geschehen ist?

MANN Was ist geschehen?

FRAU In Afrika wird alles anders, hast du gesagt. Du hast von Aufbruch geredet, von Welt-Entwicklung.

MANN Gott! Habe ich das wirklich gesagt?

FRAU Du hast es sicher vergessen …

MANN Habe ich das wirklich gesagt?

FRAU Ein toter Afrikaner liegt in der Dämmerung auf unserer Treppe. Einer unserer Hunde hat ihm die Kehle zerfetzt. Er war vielleicht fünfzehn Jahre alt. Ein Dieb …

MANN Ich fühle mich wie nach einer Niederlage. Aber ich weiß nicht, gegen wen. Wie zum Teufel soll man leben können, wenn man nicht wenigstens eine WINZIGE ZUKUNFT VOR SICH SIEHT?

FRAU Ein großes, haariges Insekt saß in seinem Auge und sog die Flüssigkeit in sich hinein. Das Blut rann über die ganze Treppe … Wer war er? Wie konnte er über die Mauer mit der Glasscherbenkrone gelangen? Wer war er?

MANN Ein armer, hungriger Dieb … *Er setzt sich auf das Sofa. Trommellaute. Er lauscht intensiv.* Hörst du …

FRAU Trommeln …

MANN Hammerschläge … Nein, Herzschläge …

FRAU *greift an seine Stirn* Dir ist warm.

MANN Ich habe wohl Fieber.

FRAU Die Angst macht dich fiebrig.

MANN Ich habe keine Angst. Das ist der Wurm im Fuß. Oder ich habe Malaria. Oder Ungeziefer in der Leber. Oder den Nieren. Oder im Blutkreislauf. Spinnen, die sich von innen durch den Schädel knabbern. Weißt du, was im letzten Bericht stand, den ich hier erhielt? »Ein gelungenes Projekt, auf welches wir besonders stolz sein dürfen …« Dabei ist es einfach in jeder Hinsicht missglückt! Wir hätten vierhundert Brunnen bauen sollen. Wir haben vierhundert gegraben. Und wir haben vierhundert gemauert. Und heute funktionieren DREI … Wären diese Pumpen nicht gewesen …

FRAU Das Lied von den Pumpen höre ich jetzt seit elf Jahren …

MANN Vierzehn. Es sind vierzehn Jahre.

FRAU Und an meinem letzten Abend hier mag ich davon nichts hören. Jetzt ist das alles endlich vorbei.

MANN Nichts ist vorbei! Es hat noch nicht einmal angefangen.

FRAU Du musst dich anziehen!

MANN Ich will mich nicht anziehen. Ich mag Kleider nicht! Sie jucken …

FRAU Wer lag da auf der Treppe?

MANN Wie soll ich das wissen? Das ist drei Jahre her. Du erinnerst dich immer an die falschen Ereignisse …

FRAU Ich muss täglich an ihn denken …

MANN *während er die Treppe hochsteigt* Bist du nicht hungrig? Sollen wir nicht Edith fragen, ob sie uns etwas kocht, während wir warten? Woran denkst du?

FRAU Ich werde es ihr sagen.

MANN Und sie soll die Bluse zuknöpfen. Sag ihr das! Sonst schmeiße ich sie heute Abend raus. Auch wenn es der letzte Abend ist … *Er verschwindet oben an der Treppe.*

Die Frau füllt ein Glas. Bereut es. Trinkt nicht. Sie nimmt ein Kästchen, welches auf einem Tisch steht, setzt sich und leert den Inhalt vor sich auf den Tisch. Sie möchte etwas aussuchen, es gelingt ihr aber nicht. Sie steht auf, geht zu einem der Fenster und rüttelt am Gitter. Eine Alarmsirene heult. Der Mann stürzt eilig die Treppe herunter. Er hat jetzt nur eine kurze weiße Hose und eine weiße Jacke an. Er glaubt, es handle sich um einen Raubüberfall. Er stellt in der Verwirrung den Alarm ab. In der Stille hört man wieder die Frösche quaken.

Was zum Teufel machst du hier eigentlich?

FRAU Wir müssen reden …

MANN Worüber?

FRAU Das weißt du.

MANN Ich weiß gar nichts. Ich muss mich jetzt anziehen. Wir reden darüber, wenn wir zu Hause angekommen sind. Das ist jetzt nicht der Augenblick.

FRAU Es ist nie der Augenblick.

MANN Warum sagst du das? Ich habe dir hier Nacht für Nacht zugehört. Und geantwortet. Immer wieder geantwortet …

FRAU Ohne wirklich zu antworten.

MANN Weil ich deine Fragen nicht verstehe!

FRAU Du antwortest nur mit Lügen.

MANN Ich lüge nicht!

FRAU Jetzt hast du gelogen.

MANN Ich werde so wütend, wenn du so etwas sagst. Und traurig. Nein, ich werde nicht wütend. Nur traurig.

FRAU Du weinst nur, wenn deine Hunde weglaufen.

MANN Das ist doch nicht wahr!

FRAU Aber wenn ein toter Mann auf der Treppe liegt mit zerfetzter Kehle? Was machst du dann?

MANN Was heißt machen? Was meinst du damit?

FRAU Du hast gelacht!

MANN Gelacht?

FRAU Du hast gelacht. Und etwas gesagt.

MANN Klar habe ich etwas gesagt. Was ist daran so eigenartig? Aber dass ich gelacht habe, kannst du mir nicht unterschieben. Ich habe nicht gelacht. Himmelarsch! Worüber hätte ich lachen sollen. Die ganze Treppe war voller Blut. Hätte die Nachtwache nicht mit dem Pfeil getroffen und hätte der Hund nicht zugepackt, wäre der Kerl hier eingedrungen. Und was wäre dann passiert? Er hätte uns beiden die Kehle durchgeschnitten! Das habe ich gesagt! Zum Glück für uns ist er tot …

FRAU Du müsstest weinen, weil dich nichts zum Weinen bringt.

MANN Ich weiß nicht, wovon du redest … Ist Eisenhower endlich gekommen? Warum bellen dann die Hunde nicht?

FRAU Vielleicht sind sie weggelaufen.

MANN Blödsinn. Das ganze Haus ist umzäunt. Wohin willst du? Wir wollten doch reden?

FRAU ICH WERDE MICH ANZIEHEN!

MANN HÖR AUF ZU SCHREIEN!

FRAU Wenn ich nicht schreie, hörst du nicht zu.

MANN Wir beruhigen uns jetzt. Keiner von uns beiden schreit. Wir ziehen uns an. Essen etwas Kleines. Und warten auf Lundin. Schau her. Ich kann mich kaum auf den Fuß stellen. Das juckt. Ich glaube, ich werde wahnsinnig.

FRAU Du musst es Edith sagen.

MANN Ich bin ja nicht angezogen.

Die Frau verschwindet oben an der Treppe. Der Raum wird immer mehr durch die afrikanische Landschaft geprägt: Durch hohes, ausgetrocknetes Elefantengras. Durch die Abendsonne, die aus den Spiegeln brennt. Durch die lauter werdenden Geräusche. Der Mann schließt eine Tür mit vielen Schlössern und Riegeln auf.

Geh da von der Tür weg! Komm her! Warum tust du nicht, was dir meine Frau sagt? Was hat sie dir gesagt? Jeden Tag dasselbe. Du musst dich ordentlich anziehen, wenn du hier arbeiten sollst. Und nicht die Brust raushängen lassen. Du hast doch eine schöne Bluse erhalten. Sie war teuer, Edith. Ich habe sie selber gekauft, Edith. Wir verlangen weiß Gott nicht viel, Edith. Ein paar Knöpfe zuzuknöpfen ist nicht mehr, als die Tür hinter sich zu schließen. Du musst uns jetzt etwas zu essen kochen, Edith. Madame und ich sind hungrig … Beeile dich. Ist übrigens Eisenhower zurück? Ja? Ist er betrunken? Edith. Lüg nicht! Sicher hat er getrunken! Es ist der letzte Abend. Du wirst uns fehlen, Edith. Obwohl du faul bist und Salz und Zucker und Knöpfe stiehlst. Was wolltest du sagen? Was? Nein, du sagst nichts. Deine Sprache besteht nur aus JA und NEIN. Dich kann man nicht verstehen. Ihr seid allesamt unbegreiflich. Koch jetzt. Dann kannst du wieder zu deinen Kindern bei den Mülltonnen zurückgehen … Verstehst du nicht, dass wir dich lieben? Nein, das verstehst du nicht … Beeil dich jetzt.

Der Mann schließt sorgfältig die Tür. Die afrikanische Landschaft wird sachte weggeblendet. Und doch bleibt etwas davon hängen. Der Mann geht die Treppe hinauf und begegnet dort der frisch gekleideten Frau. Sie bleiben voreinander stehen. Sie betrachten sich eine Weile in der Erwartung, der andere würde etwas sagen. Dann verschwindet der Mann im oberen Stockwerk und die Frau kommt nach unten. Sie beginnt den Tisch zu decken. Dann taucht der Mann wieder auf der Treppe auf. Er trägt einen weißen Hut, dunkle Sonnenbrille, Hemd mit Krawatte und Unterhosen. An dem einen Fuß trägt er Strumpf und Schuh.

FRAU Was ist?

MANN Ich finde meine Strümpfe nicht.

FRAU Ich habe sie aufs Bett gelegt.

MANN Ich habe nur einen gefunden … Ich halte das nicht mehr aus. Wie soll man verstehen können, was hier passiert … EIN Strumpf verschwindet immer.

FRAU *ruft in die Küche hinaus* Edith! Geh hinauf und suche nach Bwanas Strümpfen!

MANN Das werde ich in meinem Schlussbericht erwähnen … Auf dem afrikanischen Kontinent geht alles zur Neige. In dieser Welt verschwindet immer EIN Strumpf, nie beide. Zumindest nicht zur selben Zeit.

FRAU *schnell* Glaubst du, die Kinder erkennen uns wieder?

MANN Aber sicher. Ich bin der Alte geblieben. Ich habe mich in all den Jahren nicht verändert.

FRAU Hast du nicht Zähne verloren?

MANN Habe ich nicht! *Er sperrt seinen Mund auf.* Schau. Hier. Nur der eine Eckzahn ist weg! Meine Zähne sind in Ordnung! Im Übrigen spielt es keine Rolle. Ich mag sowieso nicht mehr kauen.

FRAU Eisenhower hat den Mann hereingelassen, der auf unserer Treppe gestorben ist.

MANN Wer?

FRAU Eisenhower! Und du traust dich nicht, ihn zu entlassen!!

MANN Klar traue ich mich! Ich tue es einfach nicht! Ich bin nicht so blöd und lasse ihn Oberhand gewinnen. Du verstehst das eben nicht: Die hassen uns, Schatz! Die würden uns die Kehle durchschneiden, wenn sie nur könnten. Sie würden uns benzingetränkte Autoreifen über unsere Köpfe ziehen und um unsere Körper tanzen, wenn wir brennen. Natürlich war es Eisenhower, der den Afrikaner hereingelassen hat. Und es ist auch nichts Besonderes daran, dass er den tödlichen Pfeil abgeschossen hat …

FRAU Was? Erzähl!

MANN Ich habe nichts zu sagen. Ich muss erst meine Strümpfe finden, bevor ich jeden Glauben verliere …

FRAU Das Essen ist fertig.

Der Mann vergisst sofort seinen verschwundenen Strumpf. Er gibt sich freundlich und als wäre er perfekt gekleidet. Der Frau kommt mit einer Essschüssel aus der Küche.

MANN Das riecht gut! Was ist das? Antilope. Ich verstehe nicht, wie man in dieser Hitze überhaupt hungrig werden kann ... sieh dir das an. Das schwimmt schon wieder im Schweiß. Wann habe ich das angezogen? Vor fünf Minuten ...

FRAU Ich hätte gern Wein zum Essen.

MANN Wir haben keinen Wein mehr.

FRAU Ich habe ein paar Flaschen zurückgehalten.

MANN Wieso? Wir fahren doch morgen nach Hause?

FRAU Einfach so.

MANN Ich habe immer gesagt: Ohne dich wäre ich völlig aufgeschmissen.

Sie setzen sich zu Tisch und essen.

Das tut gut. Prost!

FRAU Prost!

MANN Hast du ihr gesagt, sie solle die Hände waschen? *Er hält ein Stück Fleisch hoch.* Das sieht doch wie ein Fingerabdruck aus hier ... Prost!

FRAU Prost!

MANN Wie wirkte sie?

FRAU Was meinst du?

MANN Als du das Essen geholt hast? Wie wirkte sie?

FRAU Sie zuckte zusammen, als ich in die Küche trat.

MANN Wie zuckte sie zusammen? Was machte sie?

FRAU Ich glaube, sie hat das Messer weggelegt, mit dem sie die Antilope ausgenommen hat.

Der Mann steht auf und geht zur Küchentür und horcht.

Was machst du da?

MANN *zischt* Still ...

FRAU Gott ...

MANN *setzt sich zurück an den Tisch* Sie macht sich da draußen mit irgendetwas zu schaffen. Sie ist viel zu leise.

FRAU Vielleicht stillt sie ihr jüngstes Kind.

MANN Sie wetzt vielleicht ein Messer.

FRAU *lacht* Du bist zu kindisch ...

MANN Wenn ich die nicht ständig im Auge behalten hätte, wer weiß, was hier alles passiert wäre. Wenn hier jemand kindisch ist, dann du.

FRAU Prost.

MANN Geh und schau nach, was sie da macht!

FRAU Prost!

MANN Hörst du, was ich sage?

FRAU Können wir nicht anstoßen?

MANN Klar, können wir. Prost! Und jetzt schau nach, was sie da macht! Warum bellen eigentlich die Hunde nicht?

Die Frau steht auf. Geht zur Küchentür. Öffnet sie. Kommt zurück. Setzt sich.

Und?

FRAU Sie ist nicht da.

MANN Was soll das heißen? Nicht da?

FRAU Sie gibt wohl draußen den Hunden zu fressen. Deshalb bellen sie wohl nicht.

MANN *offensichtlich erleichtert* Ja, so wird es sein … Prost! Das war sehr gut. Verdammt gut …

FRAU Ich habe einmal ausgerechnet, dass sie dreißig Jahre für uns arbeiten muss, um so viel zu verdienen wie du in einem Monat.

MANN Ach, du Scheiße! So lange?

FRAU Das heißt, sie muss dreihundertsechzig Jahre arbeiten, um so viel zu verdienen wie du in einem Jahr.

MANN Neun Generationen …

FRAU Aber hier zählen ja andere Dinge mehr …

MANN Welche?

FRAU Hier ist sie gut bezahlt. Es ist schon dunkel. Warum kommt er nicht?

MANN Erst muss er landen. Reg dich jetzt nicht auf. Prost!

FRAU Prost …

MANN Gott, wie das juckt …

FRAU Ich habe die Stricknadel hier.

MANN Es ist besser, wir machen es gleich …

Er legt den nackten Fuß auf das Sofa. Die Frau beginnt mit einer Stricknadel in der Ferse zu pulen.

FRAU Du sagst, wenn es wehtut.

MANN Das kann ich dir gleich sagen, verdammte Scheiße … Siehst du etwas? Aua … ist da was … Was?

FRAU Halt den Fuß ruhig. Ich komme sonst nicht heran. *Sie ruft.* Edith! Edith … Warum kommt sie nicht? Sie soll abtragen …

MANN Jetzt pulen wir erst diese Würmer da raus. Du weißt schon, dass die auch Würmer essen. Larven und Schmetterlinge. Findest du etwas?

FRAU Nein. Aber irgendetwas muss da sein.

Sie sticht mit der Stricknadel zu und der Mann schreit auf und fällt vom Stuhl.

MANN Aua! Was machst du?

FRAU Wenn ich mit der Nadel nicht hineinkomme, kann ich sie nicht herausziehen.

MANN *entreißt ihr die Nadel* Ich mach es lieber selber.

Er setzt sich auf den Boden und schabt und schneidet. Es hilft alles nichts. Die Frau raucht und betrachtet ihn nachdenklich.

Es geht nicht! Ich krieg die Scheiße nicht raus. Ich werde es mir herausoperieren lassen müssen. Mit richtigem sterilem Operations-Besteck! Ich muss mich anziehen.

Die Frau lacht unvermittelt.

Was lachst du? Was ist daran so komisch?

FRAU Das wird uns niemand glauben …

MANN Meinst du Eisenhower mit seinen Töchtern Bang und Olufsen? Ediths unterernährte Kinder, die sie hinter den Mülltonnen versteckt hält? Nein, klar, das wird uns niemand glauben.

FRAU Zum Glück ist alles vorbei.

MANN Warum sagst du das? Wir fahren nur für ein paar Jahre nach Hause, um uns zu erholen, dann ziehen wir wieder los …

FRAU Wie viel Uhr ist es?

MANN Ich weiß nicht … Ich weiß hier nie, wie viel Uhr es ist … Wenn er nicht kommt, müssen wir hier bleiben …

FRAU Dann musst du alleine bleiben. Ich muss hier weg …

MANN Klar. War bloß ein Scherz. Der Flug wird Verspätung haben. Oder es gab ein Durcheinander bei der Passkontrolle. Scheiße, das juckt. *Er reißt sich das Sakko vom Leib.* Ich werde Edith fragen, ob sie dieses Sakko will. Es ist zu eng. Es ist zu warm. Ich halte es nicht aus.

FRAU Ich habe ihr ja schon eine Bluse geschenkt. Einiges von meiner abgetragenen Unterwäsche … Aber um Himmels willen, was soll sie denn mit einem zusätzlichen Sakko?

MANN Sie muss ja auch irgendwo einen Mann haben. Die Kinder, die sie hinter den Mülltonnen versteckt, müssen doch einen Vater haben. Ihm kann sie ja das Sakko geben.

FRAU Ja, da mische ich mich nicht ein.

MANN Edith! Edith …

Edith betritt den Raum. Sie ist nicht zu sehen. Der Mann spricht mit ihr.

Edith … du sollst kommen, wenn wir rufen … Du kriegst mein Sakko. Es ist dein Abschiedsgeschenk, Edith. Du kannst es behalten, oder du gibst es dem Vater deiner Kinder … er kann es sicher gebrauchen … *Er führt die imaginäre Edith vor einen Spiegel.* Du kriegst es … Nimm es.

Edith verschwindet.

Was hältst du davon?

FRAU Wovon?

MANN Ich finde, sie hat enttäuscht geguckt. Was will sie damit sagen?

FRAU Es hat sie sicher gefreut.

MANN Gefreut? Ich habe keine Freude an ihr bemerkt. Am liebsten würde ich sie noch einmal herholen und es ihr sagen.

FRAU Was sagen?

MANN Dass ich ihre Undankbarkeit satt habe! Ich mag es nicht, wenn ich von Menschen umgeben bin, die mich hassen.

FRAU Sie hasst dich nicht.

MANN Ich habe so genug von dieser Undankbarkeit hier. Vielleicht sollten wir ihnen auch noch dankbar sein dafür, dass wir ihnen erlauben, uns ins Gesicht zu spucken?

FRAU Hör auf jetzt. Sie schämt sich, weil sie immer Geschenke annehmen muss.

MANN Sie schämt sich nicht. Sie weiß nicht, was Scham ist. *Schnell* Ihre Augen gefallen mir nicht. Was treibt sie da eigentlich in der Küche … Geh mal und schau nach …

FRAU Du hast zu viel Phantasie …

MANN Das ist nicht meine Phantasie. Du bist naiv und kapierst gar nichts. Wir wären schon längst erschlagen worden, wenn ich nicht dauernd auf der Hut gewesen wäre … Gott noch mal! Manchmal vergisst du sogar die Tür abzuschließen.

FRAU Die können hier auch durch das Dach einbrechen.

MANN Nicht, wenn sie direkt durch die Tür hereinspazieren können.

Stille. Die Frösche quaken …

FRAU Diese Hitze ist fürchterlich.

MANN Du schaffst sicher eine Dusche, bevor er kommt.

FRAU Das hilft nichts.

MANN Dann bist du krank.

FRAU Ich bin nie krank. Du bist krank.

MANN Bei mir ist alles in Ordnung. Nur diese Würmer … Was hast du? Tut dir etwas weh?

FRAU Ja …

MANN Wo?

FRAU Ich weiß nicht …

MANN Aber du wirst doch wissen, wo es wehtut? Ist es der Magen?

FRAU Kannst du mich nicht einfach in Ruhe lassen und dich anziehen?

MANN Ich habe nur versucht, ein wenig Verständnis zu zeigen …

FRAU Mein Gott …

MANN Warum reagierst du so? Hast du Bauchschmerzen? Magenstechen? Das kann alles Mögliche sein. Parasiten, Amöben, Ediths dreckige Finger … Ich könnte meinen Arsch verwetten, die verkauft alle Seifen und geht mit schmutzigen Händen von den Mülltonnen direkt zu den Lebensmitteln … Darf ich dir den Puls fühlen? *Er fühlt ihr den Puls.* Der ist ja viel zu schnell.

FRAU Geh, zieh dich jetzt an. Ich sterbe nicht.

MANN Aber Schatz, ich will nur wissen, was mit dir los ist?

FRAU Willst du das?

MANN Klar will ich das.

Stille breitet sich aus.

FRAU Hörst du etwas?

MANN Nein?

FRAU Eine fremde Stimme?

MANN Nein.

FRAU Ich dachte, ich hätte jemanden gehört … Ich dachte bloß … Nach Hause fahren bedeutet, dass wir von vorne beginnen müssen. Aber das geht nicht. Man kann nie von vorne beginnen.

MANN Erinnerst du dich an die Affen in Lukwana?

FRAU Die auf den Bericht für die Weltbank gepinkelt haben …

MANN Die Affenpisse ist ausgerechnet über die Seiten gelaufen, auf denen ich die Ansicht vertrat, dieses Projekt sei eine völlige Katastrophe. Ein gelber Fleck, der sich über den ganzen Bericht ausbreitete …

FRAU Hast du den je losgeschickt?

MANN Ich habe ihn nicht noch einmal geschrieben. Ich habe ihn samt Affenpisse kopiert. Dann wurde er im Büro abgegeben, wurde gelesen, wurde kritisiert und dann beiseite gelegt. Damals haben sie mir diesen Arzt auf den Hals gehetzt.

FRAU Ich glaube, ich kann verstehen, warum Edith mich hasst.

MANN Sie hasst dich nicht.

FRAU Sie hasst mich, weil ich ihr eine Bluse gebe, die noch völlig in Ordnung ist.

MANN Wie geht es dir eigentlich?

FRAU Gut. Wieso kommt der nicht?

MANN Wenn du willst, rufe ich auf dem Flughafen an. *Er geht zum Telefon, wählt eine Nummer und wartet.* Keine Antwort.

FRAU Vielleicht ist der Flughafen geschlossen.

MANN Ist er sicher nicht. Wie könnte er sonst landen … Ich gehe mich jetzt anziehen. Und dir geht es gut? Sicher?

FRAU Ja.

Der Mann verschwindet oben an der Treppe. Die Landschaft in der afrikanischen Dämmerung wird wieder eingeblendet. Die Frau öffnet die Tür zur Küche und redet mit Edith, die nicht sichtbar ist.

Edith … Komm hierher … Nein, nein, hock dich nicht dahin. Jeden Morgen sehe ich dich aus dem Sonnenaufgang kommen, genau aus der Sonne, als ob sie dich gebären würde … mit einer unsichtbaren Last auf dem Kopf … Ich habe einmal versucht herauszufinden, ob das wahr ist. Von der Mühle sind es drei Kilometer. Du hast einen Vierzig-Kilo-Sack Maismehl auf dem Kopf hierher getragen. Ohne auszuruhen. Dann hast du den ganzen Tag gearbeitet, als wäre nichts gewesen … Jeden Morgen ist es, als würdest du wieder auferstehen … Verstehst du, was ich meine? Nein, ich mache mich nicht verständlich … Ich weiß. Wenn ihr im Dunkeln um eure Holzkohlefeuer hockt, lacht ihr über uns … Über die weißen Menschen, die sich ängstlich in ihren Bunkern einschließen, über ihre unbegreiflichen Bedürfnisse und ihre unverständlichen Gewohnheiten … Ihr versteht nicht, was wir wollen, aber ihr tut, was euch gesagt wird. Und dafür erhaltet ihr eine Bluse oder ein Sakko … Ich sehe dich jeden Morgen aus der Sonne kommen, Edith. Nur einmal warst du weg … Nach drei Tagen kamst du zurück. Jemand hatte vor deiner Tür das Blut eines geschlachteten Huhnes verschmiert. Erst nach drei Tagen ließ der Zauber nach. Jemand war auf dich eifersüchtig, weil du eine gut bezahlte Arbeit bei Weißen angenommen hattest … Drei Monate lang hattest du Angst … Was hätten wir nur tun sollen? Das Blut war da auf der Treppe … und du gebärst deine Kinder immer noch hinter den Mülltonnen. Kommst jeden Tag und siehst jeden Tag meine Angst.

Mit ihren letzten Worten kommt der Mann die Treppe herunter. Er trägt einen schwarzen Smoking, aber kein Hemd. Er ist barfuß. Die Frau begleitet Edith hinaus und schließt die Tür zur Küche.

Ich habe Angst.

MANN Du brauchst hier vor nichts Angst zu haben.

FRAU Wirklich nicht?

MANN Natürlich nicht! Man muss nur die Türe hinter sich schließen und darf die Angst nicht zeigen. Die würden sie wittern. Wenn sie unsere Angst riechen, klettern sie über die Mauer …

FRAU Es ist, als lebe man auf einem Friedhof …

MANN Steigere dich da nicht hinein. *Er geht zur Außentür und fängt an, sie zu entriegeln.*

FRAU Was machst du?

MANN Das Schloss muss geölt werden.

FRAU Wir haben kein Öl.

MANN Was meinst du damit? Ich habe einen ganzen Kanister gekauft!

FRAU Er ist weg. Ich glaube, es war Edith.

MANN Die würden uns noch die Finger klauen, wenn sie könnten. Ich werde sie rausschmeißen. Auch wenn es der letzte Abend ist. Jetzt reicht es mir! Und Eisenhower schmeiße ich auch raus. Und das Sakko wird sie uns wieder zurückgeben …

FRAU Warum willst du Eisenhower entlassen?

MANN Er schläft. Und wenn er nicht schläft, stiehlt er.

FRAU Was hat er gestohlen?

MANN Er frisst den Hunden das Futter weg.

FRAU Er ist hungrig.

MANN Das spielt keine Rolle. Ich bezahle ihn dafür, dass er uns bewacht, und nicht dafür, dass er den Hunden das Futter wegfrisst.

FRAU Er hat dreißig Kinder, Verwandte! Eine dreißigköpfige Familie. Er muss die alle irgendwie ernähren!

MANN *hat erfolglos versucht, die Außentür zu entriegeln* Was ist denn mit dieser Türe los? Die Schlüssel passen nicht … ich kann die nicht öffnen …

FRAU Wir haben uns einmal geliebt …

MANN Ich liebe dich immer noch … Ich kriege nur diese verdammte Scheißtür nicht auf! *Er wird immer manischer. Er geht zum Telefon.* Warum kommt er nicht? Hallo … Hallo … *Zur Frau* Ich verstehe nicht, was sie sagen … Ich höre da jemanden schreien … *Ins Telefon* Lundin Bwana Lundin … from Sweden … schreien Sie nicht … Don't shout … don't … *Er wirft den Hörer hin.*

FRAU Was ist?

MANN Da schreit irgendjemand! Ich versteh nicht, was sie sagen …

FRAU Vielleicht »falsch verbunden«?

MANN Hier wird niemand falsch verbunden! Hier wird auch niemand richtig verbunden! Wo sind meine Strümpfe? Mein Gott … wo ist Edith …

FRAU Sie ist vielleicht in eine unserer Reisetaschen gekrochen … Vielleicht will sie mit uns kommen …

MANN Was redest du da für Scheiße? Warum sagst du so 'n Zeug? Jetzt versuche dich zu beruhigen! Heute Abend kommt mein Nachfolger und morgen fahren wir hier weg. Wenn ich nur die verdammte Türe öffnen könnte.

FRAU Vielleicht ist ihm etwas passiert. Ruf noch einmal an!

MANN Was, glaubst du, kann ein Mann aus Vesterås hier ausrichten? Mein Gott … Ich sehe ihn genau vor mir: Er hat ein bisschen Fett angesetzt, ist gutgläubig und voller guter Vorsätze. Ein wenig ängstlich … »Ich bin Schwede«, schreit er dir entgegen. »Schwede! Schwedischer Bürger. Experte!« … Aber niemand will ihn hören … Der Schweiß rinnt … *Der Mann greift nach dem Telefonhörer und lauscht.* Hallo? … Hallo … Was zum Teufel ist das …

FRAU Was ist was?

MANN Trommeln … ein Hund bellt … Irgendjemand schreit. *Er legt den Hörer hastig wieder auf.* Es ist sicher alles in Ordnung und er wird gleich hier auftauchen. Wenn er das Grammophon nicht will, was machen wir dann? Was? Mein Fehler ist es nicht, dass hier alles am Arsch ist. Warum haben die nicht auf mich gehört? Keine Pumpen! Putzeimer, Kurbel und Ketten. Keine Pumpen … Es funktionieren heute drei von fünfhundert Brunnen. Nur weil diese Arschlöcher zu Hause nichts begreifen … Die wollen hier Brunnen mit Eimer, Kurbel und Kette. Ohne Pumpe. Weil die kaputtgeht. Gestohlen wird … Sie wollen sauberes Wasser, was sie mit Eimer und Kette hochziehen … Was ist mit dir los? Musst du so verdammt traurig aussehen?

FRAU Hör auf jetzt … Ruf noch einmal auf dem Flughafen an.

MANN Da antwortet niemand. Habe ich ja gesagt! Trommeln und Hunde … Können wir es uns jetzt nicht noch ein wenig angenehm machen? Warum muss das Leben immer so verdammt kompliziert sein! Das macht Angst.

FRAU Dir nicht. Du hast keine Angst!

MANN Was weißt du über meine Gefühle?

FRAU Mehr als du glaubst.

MANN Warum sind unsere Gespräche immer so oberflächlich?

FRAU Ich dachte, wir reden über deine Gefühle?

MANN Das war die beschissenste Gemeinheit, die ich je gehört habe!

FRAU Das war nicht meine Absicht … Er war so jung …

MANN Wer? Wovon redest du jetzt? Du wechselst andauernd das Thema … Wie soll man da noch mitkommen? Was? Von wem redest du?

FRAU Von dem Afrikaner, der auf der Treppe lag. Er war ein Kind.

MANN Er war mindestens siebzehn Jahre alt. In diesem Teil der Welt heißt das, er hat sein halbes Leben schon hinter sich.

FRAU Er war vielleicht nur hungrig. Wie Eisenhower und Edith und alle ihre Kinder.

MANN Hätte er doch eine Hacke genommen und irgendwo ein Stück Erde bebaut! Aber das hat er nicht getan! Er ist auf unserer Treppe gestorben, weil er faul war. Kapier doch endlich, worum es hier geht. Wenn er es geschafft hätte, wäre er hier eingebrochen. Er hätte mir die Kehle aufgeschlitzt. Er hätte dich vergewaltigt, bevor er dich ermordet hätte. Dann hätte er gestohlen, was er hätte wegtragen können. So ist das hier. Die hassen uns.

Wieder breitet sich die Stille aus.

FRAU Geh und zieh dich jetzt an. Er kann jeden Augenblick hier sein.

MANN Ich finde mein Hemd nicht.

FRAU Ich habe es dir aufs Bett rausgelegt.

MANN *unvermittelt in einem Wutausbruch* ICH FINDE ES NICHT!

Meinst du, es hilft, wenn ich etwas Alkohol über den Fuß gieße? Haben wir keine Verbände?

FRAU Das ist alles schon gepackt. Das weißt du.

MANN Ich möchte nur zu gerne wissen, wie diese leere Gin-Flasche ins Haus gekommen ist.

FRAU Ich weiß es nicht.

MANN Von alleine ist die nicht hier hereinspaziert. Wenn ich ein Afrikaner wäre, würde ich an Zauberei glauben. Eine Flasche hat weder Flügel noch Füße.

FRAU Ich sage doch, ich weiß es nicht.

MANN Ich habe verstanden …

FRAU *schnell* Ich träume nachts von unseren Reisetaschen.

MANN Das ist doch kein Anlass für einen Traum. Kein vernünftiger Mensch träumt von Reisetaschen!

FRAU Ich träume, dass ich zu Hause bin und sie auspacke, und in einer liegt er, der Mann auf der Treppe … der Tote …

MANN Warum träumst du immer so Zeug. Ich habe aufgehört zu träumen. Ich bin zu müde.

FRAU Edith und ihre Kinder. Ihre Töchter … Was wird mit ihnen geschehen?

MANN Edith wird weiterhin ihre Kinder gebären. Ihre Töchter. Die nächsten wird sie nach Lundin taufen. Für die nächsten wird Lundin seinen Namen geben. Vielleicht frieren sie weniger in den Sakkos, die sie geschenkt erhalten haben. Und in den Blusen aus Rohseide …

FRAU Das interessiert dich alles nicht. Das geht dir doch alles am Arsch vorbei.

MANN Jetzt reg dich nicht wieder auf! Natürlich interessieren die mich. Ich habe nichts anderes versucht, als diesen armen Teufeln zu helfen. Also mach dich jetzt nicht daran fest. *Er geht hinüber zu den schweren Gardinen und schaut hinaus.*

FRAU Schläft Eisenhower?

MANN Er schläft. Er hockt zusammengekauert, und man könnte glauben, er sei wach. Aber er schläft … *Ganz ruhig* Ich könnte ihn umbringen …

FRAU Wen?

MANN Eisenhower. Ich verachte diese Faulheit. Dieses Anbiedern. Diese Verlogenheit. Genau wie du dir vorstellen könntest, Edith zu töten …

FRAU Das ist nicht wahr!

MANN Natürlich ist es wahr … Also reg dich nicht auf. Was ist daran so eigenartig? Daran ist überhaupt nichts Eigenartiges…

Die afrikanische Landschaft tritt immer deutlicher hervor.

FRAU *ist von den Worten des Mannes wie erschlagen* Es ist so viel passiert. Wann werden wir darüber reden?

MANN Rede du. Ich höre zu … Aber ich muss mich jetzt anziehen. Du auch …

FRAU Schaffe ich das?

MANN Fragst du mich?

FRAU Ja.

MANN Wenn du es nicht schaffst, dich anzuziehen, müssen wir wohl meinen Nachfolger nackt empfangen … Oder wir bitten Edith, es zu tun. Sie kann dich ja anziehen.

FRAU Ich habe das nicht so gemeint.

MANN Wie dann? Ich weiß nie, wie du etwas meinst. Es gab eine Zeit, da wusste ich das. Aber jetzt nicht mehr. Du bist für mich wie eine Afrikanerin geworden. Ich verstehe nicht, was du sagst, ich weiß nicht, was du denkst. Wenn du ein Kind gebären würdest, würde es schwierig werden … *Er mischt sich nachlässig noch einen Drink und greift nach dem Telefonhörer.* Hast du gesehen? Hier im Hörer wohnen Termiten.

FRAU Was hast du auf all deinen Reisen gemacht? Während ich allein mit den Hunden hier gewartet habe?

MANN Das weißt du doch! Ich habe mit dickköpfigen Negern verhandelt, die nach Salz und Schweiß und billiger Pomade rochen, wo die Brunnen angelegt werden sollten. Warum fragst du danach?

FRAU Wo hast du gewohnt?

MANN In Hotels mit eigentümlichen Namen wie »Elefantenkopf« oder »Zur Springbockklippe«. Warum fragst du nach Dingen, die du schon weißt?

FRAU Was hast du ganz unten in deine Reisetasche gelegt?

MANN Wie soll ich das noch wissen? Ist das hier eine Art Verhör?

FRAU Versuch dich zu erinnern!

MANN Hausschuhe … Schlafanzug … einen schmutzigen Sonnenhut … ich weiß nicht …

FRAU Eine Kamera.

MANN Du halluzinierst verdammt viel!

FRAU Warum regst du dich so auf!

MANN Ich bin müde.

FRAU Lügen machen müde.

MANN Ich lüge nicht! Ich lüge nie!

FRAU Die Mädchen standen Schlange vor deinem Hotelzimmer … einige waren so jung, sie waren kaum entwickelt … Sie haben sich vor deiner Kamera ausgezogen … Du hast ihnen verdrecktes Kleingeld und alte Unterwäsche geschenkt … Es gab immer eine Schlange vor deinem Zimmer.

MANN Ich weiß nicht, wovon du redest …

FRAU Du glaubst, du hast die Bilder gut versteckt. Du glaubst, ich wisse nichts!

MANN Du weißt gar nichts …

FRAU Soll ich sie dir zeigen? Soll ich dir die Fotos zeigen, die du gemacht hast?

MANN Ich will nichts sehen, was nicht der Wahrheit entspricht … Ich weiß nicht, wie die Bilder hierher kommen! Woher kommt die Gin-Flasche? Ich weiß es nicht …

FRAU Zehnjährige … für eine Handvoll Kleingeld und fleckige Unterwäsche haben sie sich ausziehen müssen …

MANN Ich weiß nicht, wovon du sprichst!

FRAU Was siehst du, wenn du dich im Spiegel anschaust?

MANN Ich sehe einen Mann, der nach Afrika gekommen ist, um Not leidenden Menschen zu helfen! *Er umarmt unvermittelt die Frau.* Jetzt beruhigen wir uns wieder …

FRAU Willst du mich umarmen oder willst du mich erwürgen? *Sie ohrfeigt ihn.* Du Schwein!

MANN Warum sagst du so was?

Die Frau schlägt ihn mehrmals. Dann geht sie hinüber zu einer Blumenvase und greift nach einem Revolver, der da liegt.

Was machst du da?

FRAU Das, wozu ich Lust habe. Ich bringe dich um …

MANN Die ist, verdammt noch mal, geladen … *Ruft* Edith! Komm hierher … Schaff mir die durchgedrehte Alte hier vom Hals …

FRAU Mach die Augen zu …

MANN Wozu?

FRAU Mach, was ich gesagt habe …

MANN ICH MACHE DIE AUGEN ZU!

FRAU *richtet die Waffe gegen seinen Kopf; dann lässt sie den Arm sinken* Als ich die Bilder gefunden habe, weißt du, was da geschah? Die Antilopen verschwanden … seit jenem Tag habe ich sie nicht mehr gesehen. Sie waren weg. Ich muss seitdem andere Träume träumen. Du hast mir die Antilopen weggenommen. Und das verzeihe ich dir nie!

In diesem Augenblick wird die Außentür aufgestoßen. Lundin, in ein altmodisches Safarikostüm gekleidet, mit weißem Sonnenhelm auf dem Kopf, steht in der Tür, über und über mit Blut voll gespritzt. Er betritt die Bühne, nimmt den Helm ab und grüßt, als ob er ein Stanley wäre, der nach vielen Jahren der Entbehrungen seinen Livingston wiederfinden würde. Dann wird es schnell dunkel.

Akt 2

Die Antilopen fliehen über die Ebenen

Einige Stunden später am selben Abend. Der Raum und die Treppe nach oben sind unverändert. Aber die afrikanische Landschaft ist näher gerückt. Zwischen den Möbeln wächst Elefantengras. Tausende von Fröschen quaken und ein Flusspferd seufzt in der Nähe. Der Mann steht wie zu Beginn von AKT 1 an derselben Stelle. Er horcht mit der gleichen Aufmerksamkeit, auch seine Kleider sind dieselben. Nach einem kurzen Augenblick kommt die Frau die Treppe herunter. Sie ist gekleidet wie am Ende von AKT 1. Sie ist vielleicht etwas kräftiger geschminkt. An ihren Ohren hängen Silberschlangen. Sie trägt den schwarzen Smoking ihres Mannes.

MANN Du siehst sehr gut aus! Aber warum ziehst du nicht das Kleid aus Kairo an?

FRAU Ich habe es bereits gepackt.

MANN Ich werde es nie fassen können, wie schön du bist. Das ist das Einzige, was ich nie in meinem Leben bereuen werde. Dass ich dich geheiratet habe.

FRAU Hör jetzt auf zu trinken.

MANN Ich meine das ehrlich, Elisabeth. Jedes einzelne Wort. *Schnell* Was macht er da oben?

FRAU Er badet. Er plantscht wie ein kleines Kind.

MANN Hat er etwas gesagt?

FRAU Ja.

MANN Und was?

FRAU Dass Blut so rot sein kann, auch wenn es draußen dunkel ist.

MANN Was will er damit sagen?

FRAU Ich habe mich nicht weiter erkundigt.

MANN Und mehr sagt er nicht? Nein … Wohl nicht … Vielleicht waren es die von der Passkontrolle, die ihm das Gesicht zerkratzt haben … Oder ein Leopard … Sei so lieb, und gib mir noch etwas zu trinken … Ich halte dieses Gequake nicht mehr aus … Es ist, als wohnten die brünstigen Frösche direkt im Hirn.

Die Frau gibt dem Mann einen Drink. Jussi Björling erklingt vom Grammophon.

FRAU Zieh dich jetzt an. Er kommt gleich herunter.

MANN Vielleicht weiß er, wie man Würmer aus den Füßen schneidet … Wer weiß, vielleicht ist er ehemals Schlachter gewesen?

Die Frau reicht ihm seine Kleider.

Ich will keine Kleider!

Die Frau beginnt ihn ohne Aufhebens anzuziehen. Er leistet keinen Widerstand, sondern redet nur ununterbrochen auf sie ein …

Was treibt er eigentlich da oben? Wie lange will er noch da in der Badewanne plantschen? Ich habe mich die Tage noch von Bengler verabschiedet … Habe ich das erzählt? Er hat uns einen getrockneten Affenkopf als Abschiedsgeschenk mitgegeben. Ich glaube, man kann ihn als Sparbüchse verwenden. Bengler sah müde aus. Er hat Angst, er könnte sich umbringen beim Einschlafen. Er hat seine Pistole immer unter dem Kopfkissen. Und um wach zu bleiben, singt er vor sich hin. Meistens Kinderlieder … er sah elend aus … Wie auch immer, er ist ein guter Mensch … Er hat nie in böser Absicht gehandelt …

FRAU Er ist ein Mörder!

MANN Er hat einmal einen Einbrecher erschossen. Mehr war das nicht.

FRAU Das war kein Dieb. Das war die Tochter seiner Dienerin.

MANN Und sie war eine Diebin!

FRAU Sie war neun Jahre alt!

MANN Wie hätte er das merken sollen. Es war dunkel. Es war mitten in der Nacht!

FRAU Sie war neun Jahre alt! Und er hat ihr das Gesicht weggeschossen!

MANN Warum schreist du? Was soll er da oben denken, wenn du hier unten herumschreist? Du weißt überhaupt nichts davon, was in jener Nacht geschah … *Er hat jetzt einen schwarzen Smoking angezogen.* Wo sind die Strümpfe?

FRAU Er hat gebeten, welche ausleihen zu dürfen. Seine Reisetasche ist verschwunden.

MANN Badet er immer noch? Was macht er da eigentlich? Schläft er? Ich will nicht die ganze Nacht hier unten sitzen und ihn in seine neue Arbeit einweihen! Was macht er denn da oben?

FRAU Ich sage Edith wegen des Essens Bescheid …

MANN Die Angestellten sollen sich alle waschen und anständig anziehen, um sich ihrem neuen Bwana vorzustellen.

FRAU Mitten in der Nacht?

MANN Wenn es sein muss … Und sie sollen die Wachhunde anbinden, damit sie sich nicht auf Lundin stürzen …

FRAU Ich werde es ihnen ausrichten. Biete ihm etwas zu trinken an, wenn er herunterkommt … *Sie verschwindet in der Küche.*

Der Mann nimmt seine übliche horchende Haltung ein. Aber es sieht aus, als würde er innerlich zusammenbrechen. Er murmelt undeutlich in sich hinein, als wäre er in einen wütenden Wortwechsel verstrickt. Lundin kommt die Treppe herunter. Er trägt einen Anzug und eine streng gebundene Krawatte. Auch er hat etwas Unschuldiges, Kindliches. Er ist ein Mensch mit wenig Selbstsicherheit; ein Mensch, der nicht viele Freunde hat. Daran, dass er unaufhörlich heimlich irgendwo seine Hände abwischt, können wir seine Bazillenphobie erkennen. Er trägt einige Pflästerchen am Kopf und die Kratzwunden sehen aus, als hätte ihm ein Leopard seine Klaue durch das Gesicht gezogen. Der Mann entdeckt ihn und wittert ihn wie ein Hund. Dann verwandelt sich sein ganzes Wesen schnell wieder. Verschwunden sind Schwäche und Unausgewogenheit. Jetzt erscheint er wieder als ein Mann mit nachdrücklicher, gut durchdachter Autorität.

MANN Herr Lundin! Ich habe schon befürchtet, Sie seien vielleicht ertrunken? War das Wasser zu warm? Oder zu kalt? Genau richtig kriegt man es hier nie! Wir haben es nicht einmal geschafft, uns richtig vorzustellen. Ich heiße also Lars.

LUNDIN Martin.

MANN So hat man unsere Generation genannt. Die Martins und die Sven-Olovs und die Lars. Vor allem Sven-Olovs. Mit diesen Namen haben wir uns über die ganze Welt ausgebreitet … Was darf ich Ihnen anbieten?

LUNDIN Gerne etwas Kaltes. Ein Bier würde schon reichen.

MANN Ein Bier? Das ist schon vor einem halben Jahr ausgegangen. Die letzte Brauerei explodierte und es gab hier natürlich keine Ersatzteile. Die Brauereiarbeiter haben die Druckrohre herausgeschnitten und daraus Metallbetten geschweißt, die sie mit Gewinn verkaufen … Aber ich habe Whisky …

LUNDIN Dann nehme ich einen, danke.

MANN Eis?

LUNDIN Nein, danke.

MANN Und die Reise war angenehm?

LUNDIN Wir waren in Kintschasa leicht verspätet.

MANN Die Lufthansa ist normalerweise pünktlich.

LUNDIN Da war ein Diplomat aus Obervolta, der kurz vor Abflug einen epileptischen Anfall hatte. Vielleicht war er auch nur betrunken.

MANN Ja, so was kann unangenehm sein. Stört den Reiserhythmus, nicht wahr? Ich versuche, Flügen mit afrikanischen Gesellschaften immer auszuweichen. Gott weiß, wie die ihre Maschinen warten. Die Stewardessen sind zwar unglaublich süß, aber die Piloten sind oft beängstigend jung. Die Frage ist ob diese ganze Elektronik nicht etwas zu anspruchsvoll ist für deren Niveau. Ich hätte natürlich zum Flughafen fahren sollen, um Sie abzuholen. Aber wir haben uns mit dem Packen etwas verspätet, und wir reisen ja schon morgen … Also, so sieht Ihr Haus aus … Es ist ein gutes Haus, will ich meinen. Wir haben den Sicherheitsstandard bedeutend verbessert in den letzten Jahren … Es gab ja eine Reihe von Aufständen hier. Überfälle auf Weiße. Es gab viele Tote unter den Afrikanern. Aber das haben Sie sicher schon gehört … Elisabeth ist draußen bei Edith und organisiert etwas zu essen für Sie … Prost! Und willkommen hier!

LUNDIN Danke.

MANN Wie ärgerlich, dass Ihre Reisetasche verschwunden ist. Aber die wird sicher bald wieder auftauchen. Alles verschwindet ja auf diesem Kontinent. Haben wir uns nicht früher schon einmal gesehen? Etwas kommt mir bekannt vor!

LUNDIN Vielleicht Kenia?

MANN Ich glaube eher Kairo.

LUNDIN Burundi?

MANN Jetzt weiß ich! Lubumbashi – 1981. Der Kongress über die Wanderungen der Wasserbüffel …

LUNDIN War es nicht das Kolloquium zur Kraftübertragung?

MANN Nein! Es waren Wasserbüffel. Die Kraftübertragungen waren in Ruanda. Jeder Teilnehmer erhielt eine Krokodilleder-Brieftasche zur Begrüßung überreicht. Auf dem Anmeldeformular des Hotels musste man ankreuzen, ob man männliche oder weibliche Prostituierte als Begleitung wünscht. Ein Mann namens Bengler, mit dem Sie viel zu tun haben werden, kreuzte aus Versehen falsch an. Und am Abend stand ein zwölfjähriger Junge vor seiner Tür.

LUNDIN Man trifft so viele Menschen. Gesichter sind schwer auseinander zu halten.

MANN Ich bin sicher, dass wir uns schon kennen gelernt haben …

LUNDIN Es gibt viele Frösche hier!

MANN Und Würmer.

LUNDIN Würmer?

MANN Wir haben eine grauenhafte Invasion von Parasiten und Schädlingen in letzter Zeit. Aber gegen die Frösche kann man den Gärtner mit einem Schädlingsvertilgungssprüher ausrüsten.

LUNDIN Ist das ein guter Mann? Zuverlässig? Fleißig?

MANN Molossa? Er lügt und ist faul. Aber er ist höflich. Er gehört zu jener Generation Afrikaner, die die Kunst der Verbeugung nicht verlernt haben. Aber es ist unmöglich, ihn dazu zu bewegen, die Tomaten an den Wurzeln zu wässern … Noch etwas Whisky?

LUNDIN Ja.

Der Mann schenkt nach.

Schön, endlich hier zu sein. Es war eine anstrengende Reise.

MANN Eine kalte Klaue legt sich auf den Brustkorb …

LUNDIN Verzeihung?

MANN Afrika! Ist es nicht so? Mir kommt es immer so vor. Ich werde mich nie daran gewöhnen. Nie …

LUNDIN Ist alles ruhig?

MANN Ruhig?

LUNDIN Ja, hier war es doch ziemlich unruhig in den letzten Jahren? Bürgerkriege und Hungerkrawalle und ein missglückter Militärputsch. Und die unzähligen Bandenkriege …

MANN In Afrika ist es nie ruhig. Aber zur Zeit schlagen sich die Afrikaner die Köpfe gegenseitig ein. Wir Weißen können durchatmen. Ich kenne den Polizeichef namens Mister Pihri, der mich regelmäßig besucht. Er könnte sich als nützlich erweisen, wenn man ihn braucht. Sollte die Lage sich verschärfen. Die Geheimpolizei ist im Übrigen das Einzige, was hier im Land wirklich funktioniert. Offiziell wird sie von einem unangenehmen Obristen geleitet, der Watson Wobenga heißt, aber in Wirklichkeit zieht ein pensionierter deutscher Kapitän im Hintergrund die Fäden …

LUNDIN *unerwartet heftig* Ich habe keine Angst!

MANN Angst?

LUNDIN Angst …

MANN Wer hat denn schon Angst? Alle Weißen haben Angst. Alles andere wäre unvernünftig. Aber wir können auf unser ererbtes Vermögen vertrauen, all den Hass um uns herum auszuhalten.
LUNDIN Ich mag dieses Haus hier. Es ist großzügig und offen …
MANN Das ist kein Haus.
LUNDIN Ach, so? Nicht? Was dann? Wenn nicht ein Haus?
MANN Das ist ein Bunker.
LUNDIN Wo ist der Nachtwächter?
MANN Er schläft.
LUNDIN Und die Hunde?
MANN Manchmal verschwinden sie einfach.
LUNDIN Sie verschwinden?
MANN Sie rennen weg.
LUNDIN Aber hier ist doch alles mit hohen Mauern mit Glasscherben umstellt. Wie sollten sie hier hinauskommen?
MANN Ich weiß es nicht. Solange sie zurückkommen, beschäftige ich mich nicht damit …
LUNDIN Der Nachtwächter? Was sagten Sie …?
MANN Eisenhower. Einen besseren kann man hier nicht kriegen. Geben Sie ihm hin und wieder ein Paar Schuhe, und er ist zufrieden.
LUNDIN Gibt es keine Ablösung für ihn?
MANN Stalin!
LUNDIN Verzeihung?
MANN Er heißt so! Stalin. Eisenhower hat ihn hier angeschleppt. Vermutlich sind sie verwandt. Er ist vielleicht sein Vater? Was weiß ich. Aber er heißt Stalin.
LUNDIN Er roch fürchterlich.
MANN Wer?
LUNDIN Der Nachtwächter …
MANN Er roch schlecht?
LUNDIN Als er die Tür zum Taxi öffnete.
MANN Wonach roch er?
LUNDIN Nun, er stank.
MANN Stank?
LUNDIN Kann man auf verschiedene Arten stinken? Es war so ein strenger Geruch, als ob … irgendetwas verwest.
MANN Wie verweste Schafsdärme?

LUNDIN Vielleicht! Ich weiß nicht, wie verweste Schafsdärme riechen.

MANN Sie meinen, er war ungewaschen?

LUNDIN Es wirkte so.

MANN Roch er nach Verwesung?

LUNDIN Ja.

MANN Der Nachtwächter?

LUNDIN Der Afrikaner, der die Tür öffnete.

MANN Das ist der Nachtwächter, der die Tür öffnet.

LUNDIN Dann muss er es gewesen sein …

FRAU *kommt aus der Küche* Da seid ihr ja! Haben die Strümpfe gepasst?

LUNDIN Ja, danke, ausgezeichnet …

FRAU Das Essen ist gleich fertig. Edith richtet eben noch den Salat. Ich nehme an, dass Sie sie bis auf weiteres hier beschäftigen wollen. Sie können sie ja dann später entlassen und eine Neue einstellen. Aber ich muss sagen, sie ist ausgezeichnet. Hübsch und sauber und arbeitsam. Und nie krank.

MANN Sie hängt Ihnen ihre Brüste in den Morgenkaffee.

FRAU Das tut sie nicht. Das sind nur Dummheiten. Edith ist zuverlässig und ordentlich. *Zum Mann* Hast du ihn herumgeführt? Den Swimmingpool gezeigt? *Zu Lundin* Der Swimmingpool.

MANN Wir müssen Eisenhower entlassen.

FRAU Warum das?

MANN Er stinkt.

LUNDIN Es ist möglich, dass ich mich getäuscht habe … Vielleicht war irgendwo ein Abwasserrohr leck …

FRAU Eisenhower ist sehr reinlich.

LUNDIN Es kann durchaus etwas anderes gewesen sein …

FRAU Eisenhower hat nie gestunken in all den Jahren, die er hier angestellt ist.

LUNDIN Es war der Taxichauffeur, der so stank. So muss es gewesen sein …

MANN *zur Frau* Eisenhower empfängt seinen neuen Bwana mit dem Gestank von verwesten Schafsdärmen.

FRAU Das ist nicht möglich. Ich sehe ja, wie er sich jeden Morgen wäscht. Er kriegt monatlich eine neue Seife.

MANN Ich habe nie bemerkt, dass Eisenhower übel riecht.

LUNDIN Ich bin sicher, dass ich mich getäuscht habe.

FRAU Es würde ihn sicher treffen, wenn jemand ihm sagen würde, dass er stinkt.

MANN Er würde sich aufregen. Die Afrikaner sind da sehr empfindlich bei so was. Sie haben auch ihre Würde. Und die bewahren sie sich auch mitten in der Armut. Und oft entschiedener als wir.

LUNDIN Ich würde jetzt lieber nicht mehr darüber reden. Ich muss mich getäuscht haben …

FRAU *zum Mann* Bist du so nett und gibst mir noch einen Drink? *Zu Lundin* Und wie war es in Kamerun?

LUNDIN Kamerun? Da war ich nie.

FRAU Die Dürre muss schrecklich sein da oben … Prost! Und willkommen, muss man wohl sagen! Schade, dass jetzt alles so schnell geht. Dass wir morgen schon abreisen müssen. Waren Sie lange in Kamerun?

LUNDIN Das muss ein Missverständnis sein. Ich war nie in Kamerun. Ich war in Kenia.

FRAU *zum Mann* War nicht Bengler neulich in Kamerun? Hat nicht er von dieser fürchterlichen Dürre da erzählt?

MANN Wenn man Bengler glaubt, gibt es immer eine Dürre oder Überschwemmungen. Aber ich weiß nicht, ob von Kamerun die Rede war …

FRAU Bengler ist ein sehr umgänglicher Mensch. Mit ihm werden Sie sehr viel zu tun haben.

LUNDIN Ach so?

Draußen ist das heftige Bellen eines Hundes zu hören.

FRAU Es kommt jemand. So spät?

Der Mann lugt vorsichtig durch die Gardinen hinaus.

Wer ist es?

MANN Herr Pihri.

FRAU Warum kommt er jetzt?

MANN Um sich zu verabschieden. Und um meinen Nachfolger zu begrüßen.

FRAU Ich gehe so lange hoch. Ich will ihn nicht sehen. *Sie verschwindet in die Küche.*

MANN Meine Frau mag Mister Pihri nicht. Sie hat Angst vor ihm … *Er stellt schnell alle Schnapsflaschen weg.* Er geht nicht, bevor alle Schnapsflaschen leer sind. *Er entriegelt alle Schlösser der Außentür und lässt den unsichtbaren Mister Pihri herein. Die afrikanische*

Landschaft wird jetzt sehr deutlich. Mister Pihri … Wie unerwartet! So spät? Nein! Jetzt lüge ich. Ich erwarte schon seit einer Weile, dass Sie hier in der Tür stehen … Aber, treten Sie doch ein! Treten Sie ein! Ach so, nicht. Wenn ich mir gestatten darf, meinen Nachfolger vorzustellen …

LUNDIN *spricht ein erstaunlich schlechtes Englisch* I am Mister Lundin. But you can call me Martin. I am the new man in charge of the water affairs … Very nice to meet you …

MANN Jetzt geschieht die Wachablösung. Mister Pihri … Es ist nichts Angenehmes, Abschied zu nehmen … und doch ist es eine Notwendigkeit. Haben Sie Kummer? Sie können doch jederzeit wen auch immer, wann auch immer, wofür auch immer verhaften lassen und dies ohne Angabe irgendwelcher Gründe. Hingegen gibt es nur zwei Personen, die Sie verhaften lassen können, Mister Pihri. Der Innenminister und der Parteisekretär auf direkten Befehl des Präsidenten. Aber der Innenminister ist der Cousin … oder Ihr Bruder …? Ach so, das wusste ich nicht. Ihr Bruder! Das heißt, dass es nahezu unmöglich sein sollte, Sie abzuservieren, Mister Pihri. Zumindest solange im Lande Ordnung herrscht. Aber womit kann ich Ihnen heute Abend dienen! Ein letzter Wunsch … Sie sind ja wohl nicht gekommen, um mich zu verhaften? Die Frage ist, was wir Ihnen als Abschiedsgeschenk anbieten können. Ein Paar Galoschen? Für die Regenzeit? Oder eine Nähmaschine für eine Ihrer Frauen? Oder Geld! Geld können Sie kriegen, so viel Sie wollen … wenn Sie nur unsere Pumpen in Ruhe lassen. Ich habe im Gegenzug nur einen Wunsch, Mister Pihri. Wenn wir morgen den Zoll passieren, möchte ich, dass Ihre Freunde uns den Rücken zuwenden. Wir würden gerne ein wenig Elfenbein mit nach Hause nehmen. Von verendeten Elefanten? Selbstverständlich! Was denn sonst? Wenn wir uns offen sagen wollen, was wir eigentlich denken, Herr Pihri, was würde da geschehen? Genau … Deshalb sagen wir nichts … Und Herr Lundin, mein Nachfolger, ist ein Garant, dass alles so weitergeht wie bisher … Leben Sie wohl, Mister Pihri … Leben Sie wohl … Wir sehen uns nie mehr wieder … Leben Sie wohl …

Er begleitet den unsichtbaren Mister Pihri zur Tür und verriegelt sie hinter ihm. Ein Hund bellt, aber er verstummt mit einem Jaulen, als hätte man ihn geschlagen …

Und? Was halten Sie von Herrn Pihri?

LUNDIN Er scheint großen Einfluss zu haben, der Mann.

MANN Das hat er. Aber er ist ein Idiot. Ein blöder Neger. Gut, ihn in der Tasche zu haben. Aber nehmen Sie sich vor ihm in Acht. Er kann gefährlich werden …

LUNDIN Ich weiß, wie man die anpacken muss. Es ist überall dasselbe … Ich weiß nicht, ob Sie die neuen Leitsätze aus dem Zentralbüro mitgekriegt haben.

MANN Ach, da werden andauernd neue Direktiven aus der Zentrale ausgegeben. Ich lasse sie immer direkt in den Papierkorb wandern …

LUNDIN Wir wurden zu vorsichtigem Umgang mit Menschen aufgefordert, die Bestechungen verlangen …

MANN Die Ahnungslosigkeit ist grenzenlos. Was haben unsere Politiker von der Welt begriffen? Da sitzt ein Bäcker aus irgendeiner Provinzstadt und wird Vorsitzender der Chefetage. Was weiß der von Afrika? Er weiß, wie man Törtchen bäckt! Er ist fünfundzwanzig Jahre lang um drei Uhr früh aufgestanden und hat Teig geknetet. Dann ist er bei den Konservativen in die Politik eingestiegen. Und weil man ihn da nicht brauchen konnte, stellte man ihn vor die Wahl, im Kulturausschuss zu arbeiten oder in Sozialfragen zu beraten. Nichts hat ihm mehr Angst eingejagt als Fremdwörter und streitbare Künstler. Deshalb hat er sich für die Sozialhilfe entschieden. Er glaubt immer noch, Neger verbeugen sich, wenn man ihnen die Ohren lang zieht. Er glaubt, sie seien dankbar! Aber vor allem sind sie weit, weit weg. Er kriegt einen Orgasmus, wenn er einen Neger bei sich zu Hause auf der Straße gehen sieht … Unsere Politiker haben nie begriffen, wie die Welt aussieht. Die Leute der Wirtschaft schon. Deshalb werden die Leute aus der Wirtschaft wahrscheinlich nie Politiker.

Die Frau kommt aus der Küche herein. Der Mann geht schnell die Treppe hinauf und verschwindet.

FRAU Wie steht es?

LUNDIN Sehr gut. Ich mag das Haus hier sehr …

FRAU Sie müssen entschuldigen, dass mein Mann sich so überstürzt entfernte, aber er hat einen schrecklichen Juckreiz. Er ist bloß hinaufgerannt, um sich in Ruhe kratzen zu können … Das Essen ist in Kürze bereit … Wollen Sie noch etwas Whisky?

LUNDIN Danke! Gerne. *Er greift zur gleichen Zeit nach der Flasche wie die Frau.*

FRAU Hoppla!

LUNDIN Prost! Ihr Mann hat hier im Land wirklich gute Arbeit geleistet.

FRAU Drei.

LUNDIN Verzeihung?

FRAU Drei Brunnen funktionieren. Nach zehn Jahren Arbeit. Und hundert Millionen Kronen. Drei Brunnen funktionieren. Nicht nur hat sich hier nichts verbessert. Es ist schlimmer geworden.

LUNDIN Man muss das aus der langfristigen Perspektive sehen.

FRAU Das hat er versucht. Deshalb ist er im Begriff durchzudrehen.

LUNDIN Ich weiß, wie das ist, wenn man erschöpft ist.

FRAU *ganz ruhig* Er ist ein Mörder.

LUNDIN *lacht* Ach, der war nicht schlecht.

FRAU Darf ich Sie etwas fragen?

LUNDIN Sicher.

FRAU Wenn man eine entsicherte Waffe auf das Gesicht eines schwarzen Mädchens richtet und abdrückt, was geschieht da?

LUNDIN Ich verstehe nicht richtig, was Sie meinen.

FRAU Was geschieht?

LUNDIN Das Kind stirbt.

FRAU Ihr ganzes Gesicht explodiert. Woran denkt sie dabei?

LUNDIN Denken?

FRAU Was ist ihr letzter Gedanke? Was ist mein letzter Gedanke?

LUNDIN Das wird mir doch ein bisschen zu kompliziert. *Schenkt sich mehr Whisky ein. Er ist nicht mehr ganz nüchtern.*

FRAU Er ist ein Mörder.

LUNDIN Das kann ich nicht glauben …

FRAU Was macht er da oben?

LUNDIN Haben Sie nicht gesagt, er sei hinaufgegangen, um sich zu kratzen?

FRAU Er schaut nach, ob der Revolver, den er unter seinem Kopfkissen aufbewahrt, geladen ist. Er glaubt, Edith tausche die Kugeln gegen Platzpatronen aus.

LUNDIN Man kann nie vorsichtig genug sein. Ich lasse für gewöhnlich meine Waffen nie unbeaufsichtigt …

FRAU Ich weiß nicht, wie viele er umgebracht hat …

LUNDIN Ich verstehe nicht, was Sie meinen.

FRAU Ich meine nur das eine. Dass er ein Mörder ist …

Die Stille senkt sich über den Raum …
Martin! Martin! Darf ich dich etwas fragen?

LUNDIN Aber sicher! Wenn ich antworten kann.

FRAU Du brauchst nicht zu antworten. Hör dir nur meine Frage an …

LUNDIN Ich höre …

FRAU Hörst du seine Schritte?

LUNDIN Nein …

FRAU Er hat gelernt, sich zu bewegen, ohne dass man ihn hört … Hast du seine Füße gesehen?

LUNDIN Er hatte ja keine Schuhe an.

FRAU Er hat Tatzen … Mit langen scharfen Klauen …

LUNDIN Ich habe nur ein paar ganz gewöhnliche Füße gesehen …

FRAU Er jagt ausschließlich Antilopen. Wenn er draußen in den Ebenen eine Antilopenkuh sieht, kann er es nicht bleiben lassen. Er verfolgt sie beliebig lang.

LUNDIN Auf mich macht er einen völlig normalen Eindruck. Genau wie ihn das Zentralbüro beschrieben hat. Ein Mann mit großem Mitgefühl für die Notleidenden …

FRAU Darf ich deine Füße sehen?

LUNDIN Was?

FRAU Darf ich deine Füße sehen, die du in den Strümpfen meines Mannes versteckst?

LUNDIN Neiin.

FRAU Ich will bloß sehen, wie deine Klauen aussehen.

LUNDIN Meine Füße sind vollständig normal …

FRAU Was denkst du?

LUNDIN Was ich denke? Jetzt?

FRAU Bevor du die Kugel abfeuerst?

LUNDIN Ich jage nicht. Keine Tiere. Keine Menschen …

FRAU Nicht einmal Diebe?

LUNDIN Nein. Nicht einmal Diebe.

FRAU Auch nicht schwarze Männer, die einbrechen und deine Frau vergewaltigen?

LUNDIN Ich habe keine Frau.

FRAU Wer hat sie getötet?

LUNDIN Niemand hat sie getötet.

FRAU Vielleicht hat mein Mann sie erschossen.

LUNDIN Sie ist nicht tot. Wir sind nur geschieden!

FRAU Ich kann sehen, dass du immer noch um sie trauerst.
LUNDIN Die Scheidung war unumgänglich. Es ging nicht mehr.
FRAU Du hast sie geschlagen.
LUNDIN Nie! Ich habe sie nie angerührt.
FRAU Du hast sie geschlagen.
LUNDIN Das muss ich mir nicht bieten lassen.
FRAU Du trauerst um sie. Sie liegt da draußen im Sand der Straße – Die Insekten legen ihre Eier in ihre Augen.
LUNDIN *zu sich selbst* Was redet die für einen Scheiß zusammen?
FRAU Warum bist du nach Afrika gereist?
LUNDIN Um hier meinen Beitrag zu leisten.
FRAU Um reich zu werden.
LUNDIN Um zu helfen.
FRAU Aber du bist reich geworden.
LUNDIN Man kann hier billig leben.
FRAU Die Schwarzen verhungern.
LUNDIN Ich weiß das. Deshalb bin ich hier.
FRAU Das erste Mal warst du nervös.
LUNDIN Welches erste Mal?
FRAU Als du schwarz Dollar wechseltest.
LUNDIN Das machten alle.
FRAU Du hast das Elfenbein auf dem Körper außer Landes geschmuggelt. Du hast nur mit dem Diplomatenpass gewedelt.
LUNDIN Ich spende Geld für vom Aussterben bedrohte Tiere.
FRAU Und das Fell?
LUNDIN Welches Fell?
FRAU Das Leopardenfell?
LUNDIN Ich will wissen, welches Fell?
FRAU Das gefleckte. Das du unter deinem Hemd trägst.
LUNDIN Das einzige Fell unter meinem Hemd ist meine eigene Haut.
FRAU Zeig es mir.
LUNDIN Soll ich mich ausziehen?
FRAU Wenn mein Mann zum Essen kommt, wird er nackt sein. Er verträgt keine Kleider. Er hat sein letztes Sakko weggeschenkt.
LUNDIN Ich würde gerne mit ihm noch ein wenig über die Arbeit reden, bevor es zu spät wird.
FRAU Er war enttäuscht, als er dich gesehen hat.
LUNDIN Ach, so?

FRAU Er mag magere Menschen nicht.

LUNDIN Ich bin wirklich nicht hierher gekommen, um mich beleidigen zu lassen. Ich darf eine anständige Behandlung erwarten. Ich wüßte nicht, womit ich es verdient hätte, derartigen Beleidigungen ausgesetzt zu sein! Afrika kann Menschen zerstören. Das weiß ich. Viele trinken zu viel …

FRAU Mein Mann ist versoffen …

LUNDIN Ein versoffener Mörder also? Mein Gott …

FRAU Magst du Bilder sehen?

LUNDIN Ich bin selber passionierter Fotograf …

FRAU Dann musst du dich unbedingt mit meinem Mann darüber unterhalten, bevor wir abreisen. Er weiß, wo die schönsten Motive hier in der Gegend zu finden sind.

LUNDIN Ich habe nur eine kleine lächerliche Passion … ich sammle Sonnenuntergänge …

FRAU Das klingt schön.

LUNDIN Die kurze Dämmerung in den Tropen bewirkt ein ganz bestimmtes Licht. Als ob der afrikanische Tag von seinem Ende heftig und unerwartet überrascht würde. Wie von einem Unglück.

FRAU *holt ein Bündel Fotografien aus einem Gestell* Die kannst du dir anschauen, während ich Edith Beine mache.

LUNDIN Es riecht gut.

FRAU Du brauchst keine Angst zu haben.

LUNDIN Ich habe keine Angst …

FRAU Die meisten Bilder zeigen Antilopen … Mein Mann hat eine spezielle Vorliebe für Antilopen entwickelt …

LUNDIN Ich werde sie mir anschauen …

FRAU Wir wollen nur, dass du dich in deinem neuen Haus wohl fühlst … Es ist nie einfach in Afrika, in einem neuen Land anzukommen … Und besonders, wenn man gleich am ersten Abend überfallen und ausgeraubt wird …

LUNDIN Ausgeraubt? Jetzt verstehe ich wieder nicht, wie du das meinst …

FRAU *stellt sich sehr nahe vor Lundin* Ich an deiner Stelle würde die Augen schließen, wenn ich mir die Fotos meines Mannes anschaue…

Bevor Lundin antwortet, flackert das elektrische Licht einige Sekunden, dann wird es völlig dunkel im Raum. Nur ein Streifen der

Abendsonne leuchtet aus dem Spiegel. Das Quaken der Frösche wird sehr laut, bevor es wieder abnimmt. Oben in der Wohnung schreit der Mann auf, als ob er von einem schweren Schmerz geplagt würde.

LUNDIN Was geht jetzt vor sich?

FRAU Nur ein Stromausfall. Das ist gleich vorüber.

LUNDIN Er hat geschrien?

FRAU Er hat Angst vor der Dunkelheit. Ich werde eine Kerze anzünden. Ich mag das Dunkel nicht. *Sie ruft.* Edith! Bring ein paar Kerzen hierher. Beeil dich!

Der Mann jammert in der oberen Wohnung. Lundin lacht plötzlich im Dunkel.

Ruft Edith!! Sie ist unmöglich. Sie macht nie, was man ihr sagt. Es muss hier irgendwo Kerzen geben …

Die Frau stößt auf Lundin und schreit auf. Eine Blumenvase wird umgestoßen und zerspringt in Scherben.

Bist du da oben! Martin? Martin … *Plötzlich wird deutlich, dass sie sehr aufgedreht und ängstlich ist.* Bist du hier? Ich höre dich … Scheiße … *Sie ruft wieder.* Edith!!! Ich bringe dich um, wenn du jetzt nicht kommst …

Das elektrische Licht geht unvermittelt wieder an. Lundin ist weg. Die Frau steht mitten im Raum mit einem Revolver in der Hand. In einer Ecke des Raumes hockt der Mann zusammengekauert. Er ist nur halb gekleidet. Er trägt einen schmutzigen Sonnenhut und eine dunkle Sonnenbrille. In der Hand hält er eine Whiskyflasche.

MANN Sag nichts. Noch nichts … *Er nimmt einen kräftigen Schluck und wechselt in der Folge zwischen Klarsicht und berauschter Verwirrung.*

FRAU Ich mag ihn nicht. Er ist falsch.

MANN *steht plötzlich auf* Ich werde jetzt den letzten großen Einsatz für diesen Kontinent hier leisten! Zu Gunsten meines Nachfolgers!! *Er ruft.* Martin! Wo ist er? Badet er wieder? *Er geht zu einer Wand und lauscht.* Das ist kein Haus. Das ist kein Leben. Das ist ein Bunker. Ein unfertiger Bunker. Und vor unserer Abreise werde ich ihn noch perfekt machen. Der da oben soll hier in absoluter Sicherheit leben.

FRAU Sie ist weg. Sie antwortet nicht. Ich möchte, dass du sie entlässt. Auf der Stelle!

MANN *riegelt die Außentür auf und ruft* Eisenhower! Hierher …

Der Mann führt murmelnd ein kaum hörbares Gespräch. Hie und da werden die Stimmen fast zu Schreien. Die Frau mischt sich einen Drink und stürzt ihn in sich hinein. Sie öffnet die Tür zur Küche, schlägt sie aber sofort wieder zu. Sie behält die ganze Zeit den Revolver in der Hand.

Stell dir vor, dieser Scheiß-Eisenhower sagt, es gäbe keinen Zement mehr! Da waren noch zwei Säcke. Und jetzt sind sie weg! Weg! Weg, Bwana. Weg. Weiß nicht wie, Bwana. Sehr seltsam, Bwana. Gib mir den Revolver! Ich werde dieses Arschloch erschießen. Mit diesem Zement hätte ich hier die Fenster wieder zumauern können. Ich bin Maurer. Das habe ich gelernt. Zu mauern!

FRAU Glaubst du, ich werde dir verzeihen?

MANN Nein. Aber ich würde es mir wünschen.

FRAU Sie haben sich ausgezogen. Du hast fotografiert. Du hast bezahlt. Und was hast du noch getan? Hast du mit ihnen geschlafen?

MANN Nein.

FRAU Warum nicht?

MANN Du würdest es ohnehin nicht verstehen.

FRAU Nein. Das würde ich nie verstehen können.

MANN Deshalb ist es sinnlos, darüber zu reden.

FRAU Verstehst du es selber?

MANN Ja. Nein.

FRAU Ich habe Lundin die Bilder gezeigt.

MANN Warum das? Wozu machst du so was?

FRAU Ich habe vor, diese Bilder jedermann zu zeigen! Warum legst du sie nicht deinem Abschlussbericht bei? »Helfen wir ihnen zu leben oder helfen wir ihnen zu sterben. Ich habe getan, was ich konnte. Siehe beiliegendes Fotomaterial!«

MANN Du spinnst! Du bist eine beschissene Wahnsinnige!

FRAU Du bist selber verrückt. Nicht Eisenhower stinkt. Du selbst riechst …

MANN Hör auf!

FRAU Und wenn ich nicht aufhöre, was tust du dann? Du kannst mich nicht erschlagen und dann die Schuld auf einen der Schwarzen schieben … Also, was wirst du tun?

MANN Verzeih.

FRAU Verzeih?

MANN Ich bereue …

FRAU Das tust du nicht im Geringsten …

MANN Was weißt du davon!

FRAU Ich weiß es. Ich kenne dich. Ich bin mit dir seit Jahrtausenden verheiratet. Sobald du etwas angerichtet hast, bittest du um Verzeihung. Aber du meinst es nicht wirklich! Nie und nimmer!

MANN Was, meinst du, soll ich tun? Auf den Knien kriechen und betteln?

FRAU Wenn ich nur einen Bruchteil davon verstehen könnte. So bleibt mir nur, dass du ein ekelhafter Lustmolch bist …

MANN Ich bin verdammt noch mal kein Lustmolch.

FRAU Klar! Denk an Ediths Brüste!

MANN Was ist damit?

FRAU Sie sind schön.

MANN Sie soll ihre Bluse zuknöpfen.

FRAU Aber ihre Töchter sollen sich ausziehen!

MANN Glaubst du, ich hätte ihre Töchter fotografiert? Spinnst du jetzt?

FRAU Wenn wir zu Hause sind, will ich die Scheidung. Ich habe nicht vor, auch nur einen einzigen weiteren Tag mit dir zusammenzuleben … Das wird meine Erinnerung an Afrika sein … Der große Helfer, der nackte Mädchen fotografiert für eine Krone pro Stück …

MANN Ich bin einverstanden, dass es nicht besonders lustig ist. Aber es ist auch nicht so verdammt beschissen. Es sind Bilder, nichts sonst.

FRAU Ich habe vor, Edith hereinzubitten.

MANN Wozu?

FRAU Ich werde Edith hereinbitten, und dann wirst du sie um Verzeihung bitten.

MANN Wozu das? Wofür?

FRAU Für das, was du getan hast!

MANN Aber ich habe ihr doch nichts getan! Ich werde sie nie im Leben um Verzeihung bitten!

FRAU Das kannst du selber entscheiden.

MANN Was entscheiden?

FRAU Du kannst selber entscheiden, wer du sein willst.

MANN Ich bin Maurer. Ich kann Brunnen mauern. Arbeit organisieren.

Lundin kommt die Treppe heruntergestürzt. Er ist nass und hat sich in ein Badetuch eingewickelt.

LUNDIN Verzeihung! Aus dem Abfluss der Badewanne kriechen kleine Tiere.

FRAU Was für Tiere?

MANN Würmer?

LUNDIN Haarige Insekten. Ich muss wohl ein wenig eingenickt sein in der Badewanne. Ich bin aufgewacht, als mir ein Tier in die Nase kriechen wollte.

FRAU So etwas kommt manchmal vor. Wie heißen sie noch?

MANN Es ist so eine Art Hornisse. Ich weiß nicht, wie sie heißen. Aber sie sind ungefährlich. Die kriechen aus den Abflussrohren, wenn es irgendwo eine Verstopfung gibt. Aber die sind völlig ungefährlich!

LUNDIN Wenn die da in den Abflussrohren leben, sind die doch voller ansteckender Bakterien!

MANN Ja, sicher. Aber sie kommen auch nicht sehr oft zum Vorschein.

LUNDIN Ekelhaft!

FRAU Ich habe mich tatsächlich schon an sie gewöhnt.

LUNDIN Ist das nicht unverantwortlich, mit Tieren zu leben, die die Pest in der Badewanne verbreiten können?

FRAU Das ganze Leben, das wir hier führen, ist unverantwortlich.

Die Stille breitet sich wieder aus. Das Flusspferd seufzt. Das Quaken der Frösche ist sehr laut. Dann entschwinden die Geräusche wieder.

Das Essen ist jetzt bereit.

LUNDIN Ich werde mich nur noch rasch anziehen. Ich komme sofort …

FRAU Nein, das brauchen Sie nicht. Mein Mann sitzt öfters nackt zu Tisch.

MANN Wir würden Sie gerne vor dem Essen noch um einen Gefallen bitten.

LUNDIN Gern.

MANN Sehen Sie meinen Fuß hier?

LUNDIN Ja.

MANN Er ist voller Würmer. Sie glauben nicht, Sie könnten sie mir herausschaben. Elisabeth hat es schon versucht. Ich auch. Am besten geht es, wenn man sie auf eine Stricknadel rollt.

LUNDIN Die Würmer?

MANN Es ist eine Parasiten-Art. Nichts Außergewöhnliches. Sie legen die Eier unter die Haut, oder Larven, oder Würmer. Wenn es nicht so verdammt jucken würde, hätte ich nicht einmal bemerkt, dass ich die habe.

LUNDIN Ich glaube nicht, dass ich das schaffen werde.

MANN Das ist ja schade. Man muss wirklich nur an sie herankommen und dann rollt man sie auf wie ein Garnknäuel …

Lundin verschwindet wortlos die Treppe hinauf. Vielleicht wurde ihm übel? Die Frau bricht in ein Lachen aus.

Und was ist da jetzt so lustig?

FRAU Nichts ist lustig. Sondern das genaue Gegenteil. Auf einmal …

MANN Auf einmal was?

FRAU Du solltest das mal sehen?

MANN Was? Was siehst du?

FRAU Dich!

MANN Mich?

FRAU Und all die Armen, denen du hier geholfen hast. Was sehen sie?

MANN Sie träumen den unerfüllbaren Wunsch, so zu leben wie wir!

FRAU Das siehst du nicht richtig.

MANN Sehr wohl. Genau davon träumen die!

FRAU Edith träumt ganz andere Dinge.

MANN Wie willst du wissen, was sie in ihrem Kopf bewegt? Wie? Wie kannst du behaupten, wovon sie träumt? Sie träumt vielleicht gar nichts!

FRAU Ich weiß, wovon Edith träumt.

MANN Du weißt nicht, was sie träumt, sage ich.

FRAU Das wusste ich nicht!

MANN Was?

FRAU Dass du sogar vor ihren Träumen Angst hast!

MANN Du hast Angst vor ihr! Nicht ich! Du fürchtest dich zu Tode!

FRAU Wir sind Freundinnen.

MANN Freundinnen? Die wird hier mit hüpfenden Brüsten tanzen, wenn du aus dem Haus bist, so wie du dich ihr gegenüber benommen hast …

FRAU Du hast sie schlecht behandelt. Nicht ich …

MANN Du hast sie gezwungen, niederzuknien und deine Schuhe zu putzen. Und wie viele Ohrfeigen hast du ihr verpasst? Ich verstehe, dass sie dich hasst. Ich verstehe, dass du Angst vor ihr hast.

FRAU Das ist doch alles erlogen.

MANN Das ist die Wahrheit.

FRAU Sag ihr, sie soll hereinkommen! Dann können wir sie selbst fragen! Du bist widerlich.

MANN Aber ich bin auf jeden Fall kein Negerhasser …

FRAU Manchmal habe ich mir gesagt … Wenn du trotz allem etwas erreicht hättest, in all den Jahren unseres Aufenthaltes hier, dann hätte ich es vielleicht ertragen können. Aber jetzt, wo wir nach Hause zurückkehren, muss ich einsehen, dass ich mit einem Nichtstuer verheiratet bin, der nackte Kinder fotografiert für eine Krone pro Stück …

MANN Ich bereue es ja, habe ich gesagt. Ich weiß nicht, was da in mich gefahren ist. Afrika ist zu kompliziert …

FRAU Warum weinst du?

MANN Warum glaubst du?

FRAU Weil du bemitleidet werden willst. Du willst bedauert, auf dem Arm getragen, so wahnsinnig grenzenlos gehätschelt werden …

MANN Hasst du mich?

FRAU Ja. Ich hasse dich.

MANN Umarme mich …

Die Frau geht langsam zu ihm hin und umarmt ihn.

Habe ich wirklich nichts Nützliches vollbracht?

FRAU Nichts. Du hast deine Sakkos weggeschenkt.

MANN Aber das kann doch nicht alles für die Katz gewesen sein? Nicht alles?

FRAU Nein! Die Sakkos nicht! Und nicht diese rosaroten Hausschuhe! Nicht die Seidenbluse. Und drei Brunnen funktionieren ja. Drei Dörfer sind mit frischem Wasser versorgt, und die Kinder sterben dort nicht an Verunreinigungen.

MANN Und ich habe Würmer in den Füßen …

FRAU Juckt es?

MANN *ganz ruhig* Ich habe das Gefühl, sie fangen an, mir aus den Augen zu kriechen. So weit bin ich schon. *Er streckt ihr sein Gesicht hin.* Kannst du etwas sehen?

FRAU Nichts …

Die Stille breitet sich wieder aus. Die Frau raucht und schaut hin und wieder zur Treppe hinauf.

MANN Wenn mir die Würmer aus den Augen kriechen, werde ich sie in einen Briefumschlag stecken und meinem Schlussbericht beilegen. Das werden meine letzten Worte sein. Den Rest meines Lebens werde ich das tun, was ich kann. Und das alles nur, weil die zu Hause damals diesen Einfall hatten: Jetzt machen wir alles anders: Wir schicken Handwerker in die Welt hinaus. Die können vielleicht etwas Nützliches tun in Afrika! Ich werde hier so gut bezahlt, davon hätte ich zu Hause nur träumen können. Und ich kriege Flügel. Man erlaubt mir zu fliegen. *Er flattert für einen Augenblick mit seinen Armen. Dann sinkt er beim Sofa zusammen.* Nein, ich kann nicht fliegen.

FRAU *nach einer Pause* Bwana …

MANN Ich höre nichts?

FRAU *zischt* Bwana … gib mir etwas, Bwana … Gib mir etwas, Bwana. Bwana …

MANN Du kannst meine Krawatte kriegen. Du kannst sie dir ins Haar binden. Als Schmuck.

FRAU Gib mir noch etwas, Bwana …

MANN Man kann nicht immer nur nehmen. Man muss auch zurückgeben …

FRAU Ich habe nichts zu geben, Bwana …

MANN Nein. Das hast du nicht. Vielleicht deinen Namen. Der kostet ja nichts.

FRAU Nenn mir einen Namen, den Bwana mag?

MANN Elisabeth.

FRAU Das ist mein Name, Bwana …

MANN Lass mich sehen, wie du aussiehst … du Habenichts … zieh deine Kleider aus, damit ich sehen kann, wie nichts haben aussieht …

FRAU Was kriege ich dafür?

MANN Etwas … Ich finde schon etwas in der Tasche … Woran denkst du?

FRAU Das weißt du …

MANN Ich weiß nichts …

FRAU Ich habe davon geträumt, dass ich nach der Pistole greife und dich erschieße, genau hier in die Schläfe. Aber es floss kein Blut.

MANN *plötzlich wütend* Warum träumst du derart abartige Träume. Ich verstehe die nicht! Ich habe es so satt, so endlos satt, nichts zu verstehen … .

FRAU *mit einer völlig echten, durchaus kontrollierten Wut* Du kannst dich auf jeden Fall damit trösten, dass du die Afrikaner nicht so übel behandelt hast wie mich ... Hörst du, was ich sage?

MANN Ich will nichts mehr hören. Ich bin zu müde. Es juckt ...

FRAU Am liebsten wäre mir, die Würmer würden dich auffressen. Aber das würde noch lange nicht reichen ... Wie kann man sich vor Kinder stellen, kleine Mädchen, mit einer Kamera ... wie kann man so einer werden?

MANN Das ist Afrika ...

FRAU Das ist eine Ausrede!

MANN Schrei nicht!

FRAU Ich kann flüstern, wenn dir das besser gefällt. Oder soll ich singen? Ich werde für dich singen. Aber nicht ein Schlaflied. Ich werde dich den Rest deines Lebens nicht mehr schlafen lassen ...

MANN Du spinnst ja ... Du bist wirklich verrückt ...

FRAU Du bist hier der Verrückte ... Weißt du, ich glaube, du hättest hier wirklich viel Nützliches tun können, wenn du nicht so beschissen faul gewesen wärst. Deine Angst ist nichts anderes als Faulheit. Wie kann man jemandem helfen, vor dem man Angst hat? Wie kann man jemandem helfen, den man hasst? Wie kann man jemandem helfen, der mehr Würde besitzt als man selbst? Ich dachte, du hättest Würde. Das habe ich all die Jahre geglaubt. Aber du hattest keine. Du hast dich von allen, die vor dir den Diener machen, verhexen lassen. Und du hast Kinder sich ausziehen lassen ... Wie soll ich weiter mit dir leben können? Wenn wir nach Hause kommen, trennen sich unsere Wege. Und ich wünsche mir, ich könnte einmal hierher zurückkommen. Richtig nach Afrika zurückkommen. Nicht als die Gattin eines Weltenherrschers.

Während der letzten Worte ist Lundin die Treppe heruntergekommen. Er zögert und bleibt stehen. Weder der Mann noch die Frau sehen ihn oder lassen sich durch seine Anwesenheit stören.

MANN Würde. Was soll das denn sein? Ich habe meine Würde ... ich habe es satt, dir zuzuhören. *Er legt eine Platte auf. Jussi Björling. Er dreht sehr laut auf.*

Die Frau scheint resigniert zu haben. Aber sie steht unvermittelt auf und reißt die Platte weg. Der Mann schlägt sie, und sie schlägt sofort heftig zurück. Sie zerkratzt sein Gesicht wie ein Leopard, der seine Beute reißt. Der Mann blutet aus einem Auge ...

Was machst du da? Ich sehe nichts …

FRAU Es sind nur Würmer, die herauskriechen.

MANN Das ist ja Blut …

FRAU Das sind Würmer auf der Flucht …

MANN Du musst mir helfen. Ich sehe nichts … Hilf mir doch, verdammt noch mal …

Lundin kommt zögernd die Treppe herunter. Er trägt eine altmodische halblange Khaki-Hose und eine eigenartige Uniformjacke sowie an den Füßen grobe Schuhe und Kniestrümpfe.

LUNDIN Ist hier etwas vorgefallen?

MANN Nein, überhaupt nichts. Ich bin nur gestolpert …

FRAU Ich habe versucht, ihm die Augen auszukratzen. Aber das ist mir nicht gelungen …

MANN Hören Sie nicht auf die verrückte Alte! Ich bin gestolpert! Hier ist nichts passiert!

LUNDIN Das sieht ganz schön schlimm aus … Ist es das Auge?

FRAU Rühren Sie ihn nicht an! Sonst zerkratze ich Sie auch …

MANN Holen Sie ein Messer!

FRAU Er kann dir ja die Würmer herausschneiden.

MANN Ich werde dir die Zunge abschneiden, damit du endlich Ruhe gibst! Hör mal, Martin, hilf mir jetzt, verdammt noch mal … Hol ein Handtuch … Ich sehe nichts … Und dann werde ich diese verrückte Alte zum Schweigen bringen …

Lundin will eben los, um ein Handtuch zu holen, da stellt die Frau sich ihm in den Weg und spreizt ihre Finger wie mit ausgefahrenen Krallen vor seinem Gesicht.

LUNDIN Ich weiß nicht recht, wie ich mich hier benehmen soll.

MANN *ruft* Edith! Bring sofort ein Handtuch … Edith!

FRAU Du wirst es überleben …

MANN Nun gib mir schon ein Tuch … Wir können hier so nicht weitermachen …

Die Frau zieht ihre Bluse aus und reicht sie dem Mann. Sie trägt einen BH darunter.

FRAU Hier.

MANN Danke … Das macht die Hitze. Da fließt das Blut so kräftig. *Er wickelt sich die Bluse um den Kopf.* Jetzt brauchen wir einen Schluck. Ich bin über den Teppich gestolpert, glaube ich. Was wollen Sie haben?

LUNDIN Nichts, glaube ich …
MANN Sie kriegen natürlich einen Whisky … *Zur Frau* Und du?
FRAU Das Gleiche …
MANN *zittert stark und schüttet viel daneben* Hier. Prost …
LUNDIN Prost …
FRAU Prost …
MANN Sie müssen wissen, dass wir uns sehr wohl gefühlt haben, hier in diesem Haus … Es war ein Zuhause in Afrika … Es wird schwer fallen, Abschied zu nehmen …
LUNDIN Ich verstehe langsam, dass ich Glück gehabt habe … Aber diese Tiere im Ausguss muss man loswerden …
FRAU Die kann man nicht loswerden …
LUNDIN Nein? Ich werde es auf jeden Fall versuchen …
FRAU Wir haben es zehn Jahre lang versucht …
LUNDIN Man darf nie aufgeben. In Afrika muss man immer mit längerfristigen Perspektiven arbeiten … nicht wahr? Wie bei unserem Brunnenprojekt …
FRAU Ein tausendjähriges Scheitern …
LUNDIN Verzeihung?
MANN Sie meint es nicht so. Meine Frau hat einen etwas eigenartigen Humor. Aber natürlich geht hier alles beschissen langsam. So langsam bis zur Besinnungslosigkeit. Stellen Sie sich vor, sogar die Betonringe für die Brunnen klauen die. Wie können sie die wegtragen? Die wiegen pro Stück mindestens eine Tonne!
LUNDIN Sie wissen, wie die sind. Sie stehlen wie Elstern und lügen und verkrümeln sich dann.
Der Mann und die Frau betrachten Lundin aufmerksam.
MANN Ich nehme an, Sie denken nicht, was Sie da sagen …
LUNDIN Das war vielleicht etwas krass ausgedrückt …
FRAU Der Afrikaner stiehlt nicht mehr als wir! Wie können Sie so etwas sagen?
MANN Es klang ein wenig unangenehm!
FRAU Und Sie behaupten, der Nachtwächter stinkt.
LUNDIN Ihr missversteht mich. Das Ganze ist ein Missverständnis! Mir scheint … ihr tut das mit Absicht …
FRAU Warum sollten wir?
LUNDIN Ich weiß nicht. Es ist mir ja auch nicht entgangen, dass ihr offensichtlich Probleme habt … Ja, ich will mich da nicht einmi-

schen. Aber … ICH FINDE ES EINE BESCHISSENE ART, SO EMPFANGEN ZU WERDEN! Jetzt ist es raus. Jemand schreit: Mörder! Jemand drückt mir widerliche Fotos in die Hände … Ich verstehe nichts. Ich verstehe nicht das Geringste …

FRAU Mein Mann versteht auch nichts.

LUNDIN Ich bin hierher gekommen, weil ich an das glaube, was wir hier vorhaben.

FRAU Als Missionar …

LUNDIN Nein, nicht als Missionar. Als ein Experte für Wasserförderung und -reinigung. Bereit, dafür zu kämpfen, dass es den Armen besser geht.

FRAU Aber die stinken doch!

LUNDIN Vielleicht, weil sie kein Wasser haben?

FRAU Und sie stehlen?

LUNDIN Weil ihnen nichts gehört!

FRAU Und sind sie nicht faul?

LUNDIN Weil sie unterernährt sind.

FRAU Und sie haben einen Revolver unter dem Kopfkissen?

LUNDIN Weil sie nichts zu verlieren haben. Aber ich habe etwas zu verlieren!

MANN Ich habe wirklich alles versucht, was in meiner Macht stand.

LUNDIN Daran zweifle ich nicht.

MANN Danke … Vielen herzlichen Dank.

FRAU Soll ich jetzt Edith bitten, das Essen aufzutragen?

LUNDIN Ich bin tatsächlich nicht hungrig. Und ich mag es auch nicht, wenn man die Bediensteten die ganze Nacht auf Trab hält.

FRAU Was sagen Sie, wenn ich Ihnen verrate, dass sie in einem unserer Abfalleimer wohnt?

LUNDIN Dass das eine Schande ist! Dass das entsetzlich ist!

FRAU Wie kommt es, dass ich Ihnen das nicht glaube?

LUNDIN Das ist nicht mein Problem.

FRAU Gewisse Lügen können tatsächlich richtig schön klingen.

LUNDIN Ich lüge nicht. Ich sage, was ich denke!

FRAU Und wenn es nun doch so wäre …

LUNDIN Und jedes Wort ist wahr!

FRAU Jedes Wort …

LUNDIN Vielleicht war es nur ein Abenteuer! Als ich Kind war … da dröhnten die Trommeln im unfassbar abgelegenen Dschungel … Ein

Pfeil schoss durch das Dunkel … Eine unsichtbare Hand warf mit Speeren … Dann sah ich das Leid … Und das ist das Einzige, was ich sehe … Deshalb bin ich hier …

MANN Ich habe meine Sakkos weggeschenkt …

LUNDIN Das ist ja grauenhaft!

FRAU Wirklich?

LUNDIN Aber sicher ist das grauenhaft.

FRAU Was ist daran so grauenhaft?

LUNDIN So wie ihr hier lebt. Mit dieser bodenlosen Verachtung für alles, was schwach ist.

FRAU Nur weiter so. Sagen Sie ruhig, was Sie denken!

LUNDIN Solche wie ihr …

FRAU *unterbricht ihn* Ich habe nichts mit diesem Mann zu tun! Nie, nie wieder …

MANN Kümmern Sie sich nicht um sie. Sie ist verrückt.

LUNDIN Solche Leute wie ihr zerstören alles, was wir mühsam aufgebaut haben. Ihr wisst nicht, was Afrika ist. Ihr wisst nicht, was ein Afrikaner ist …

MANN Erzähl es uns!

LUNDIN Ich versuche es gerade, wenn ich nicht andauernd unterbrochen würde …

MANN Ich werde nichts mehr sagen. Ich werde schweigen.

FRAU Du weißt ja gar nicht, wie das geht!

LUNDIN Darf ich jetzt weiterreden?

MANN *beachtet ihn nicht* Wie was geht?

LUNDIN Ihr wisst ja nicht einmal, wer ihr selber seid.

FRAU *zum Mann* Schweigen! Du weißt nicht, was das ist. Zuhören!

MANN Ich habe, seit wir verheiratet sind, nichts anderes getan, als deinen Dummheiten zugehört … *Zu Lundin* Was sagten Sie?

LUNDIN Nichts.

MANN Weichen Sie jetzt nicht aus! Was haben Sie gesagt? Afrika, sagten Sie …

LUNDIN Man sollte Menschen wie Sie nicht hierher schicken, um zu helfen.

MANN Das ist zweifelsohne richtig. Einverstanden. Leute wie wir sollten nie … *Plötzlich kann er den Gedanken nicht zu Ende bringen.* Nie … nie …

FRAU Ich werde mich jetzt hinlegen.

LUNDIN Ich finde, es wäre vielleicht der passende Augenblick, mir die Bediensteten vorzustellen? Das ist vielleicht nicht zu viel verlangt?

FRAU Nein … Ich werde sie rufen …

LUNDIN Warten Sie. Wir haben keine Eile.

Die Frau setzt sich demonstrativ auf die Treppe. Der Mann steht völlig apathisch mitten im Raum.

Lundin schenkt sich noch einen Drink ein. Was die Armen brauchen, ist unsere Kraft. Unsere Entschlossenheit. In erster Linie. Dann erst Geld und Liebe. Aber vor allem unsere Entschlossenheit. Und irgendwie sollte es doch gelingen, die Scheiße hier geradezubiegen. Aber das können Leute wie ihr nicht begreifen …

MANN Die Fenster …

LUNDIN Was ist mit den Fenstern?

MANN Ich hatte vor, sie wieder zuzumauern.

LUNDIN Warum sollten Sie die Fenster zumauern?

MANN Ich mag es nicht, wenn ich abreisen muss, ohne alles erledigt zu haben. Ich hatte zwei Säcke Zement zurückgelegt. Aber Eisenhower hat sie aufgefressen.

LUNDIN Niemand frisst Zement! Wie kann man bloß so über Menschen reden?

MANN Wenn ich es geschafft hätte, die Fenster zuzumauern, wäre alles klar gewesen.

LUNDIN Was wäre klar gewesen?

MANN Dass keiner mehr einbrechen kann. Man hätte hier in völliger Sicherheit leben können.

LUNDIN Ich fange, glaube ich, an zu verstehen, wie ihr hier gelebt habt … Für euch waren die Schwarzen Feinde … Aber warum?

FRAU Weil die wissen, dass das stimmt.

LUNDIN Was stimmt?

FRAU Dass wir ihnen nicht helfen. Wir helfen uns selbst.

LUNDIN Wir leben in einer gemeinsamen Welt. Unser Auftrag heißt, sie für alle bewohnbarer zu machen.

MANN Genauso steht es in den Jahresberichten. Genau so! Wortwörtlich. Das ist die Lüge, auf der alles aufbaut.

LUNDIN Das ist wahr. Gibt es etwas Ehrenvolleres, als den Armen und unterdrückten Menschen zu helfen? Und Menschen wie du machen all das kaputt.

FRAU *steht schnell auf und kommt die Treppe herunter* Woher nimmst du das Recht, meinem Mann ins Gesicht zu spucken?

LUNDIN Ich spucke doch nicht! Was soll der Blödsinn?

FRAU Du hast ihn angespuckt!

LUNDIN Ich spucke nie jemandem ins Gesicht.

FRAU Du hast ihn angespuckt!

LUNDIN Nein!

FRAU Du spuckst meinen Mann an?

LUNDIN *spuckt der Frau ins Gesicht* Das habe ich nicht getan!

FRAU *spuckt ihm ins Gesicht* Du gehst jetzt hier raus. Du kannst draußen beim Nachtwächter schlafen. Wenn er dir nicht zu sehr stinkt. Du machst dich jetzt vom Acker!

LUNDIN Das ist … Das ist der totale Wahnsinn …

FRAU Raus …

LUNDIN Das ist mein Haus. Und ich habe nicht vor, es zu verlassen!

MANN Tja, du scheinst einer von denen zu sein, die das hier überstehen könnten. Das habe ich nicht geschafft.

LUNDIN Ich komme mit den Eingeborenen für gewöhnlich ganz gut zurecht.

MANN Du wirst hier Großartiges leisten. Wenn du nach Hause fährst, werden sicher zehn Brunnen funktionieren.

LUNDIN Alle werden funktionieren …

MANN Das versteht sich, ja … alle werden funktionieren …

FRAU Ich werde mich jetzt hinlegen.

LUNDIN Ich bitte um Verzeihung, falls ich eben etwas überreizt reagiert habe.

FRAU Mein Mann hat es immerhin versucht.

LUNDIN Ich zweifle nicht daran.

FRAU Aber er hat die Unmöglichkeit eingesehen. Er hat die Fehler erkannt.

LUNDIN Die Fehler?

FRAU Ich verstehe ihn jetzt. Deshalb ist er so, wie er ist …

LUNDIN Was haben Sie verstanden?

FRAU Sind wir hier, um ihnen zu helfen zu überleben oder zu sterben? Das war seine Frage. Und jetzt weiß er die Antwort …

LUNDIN Wir helfen ihnen selbstverständlich zu leben …

Die afrikanische Landschaft wirkt jetzt sehr nahe. Der Mann und die Frau schauen sehr aufmerksam zu Lundin hinüber.

Unsere Überlegenheit muss gepaart sein mit Verständnis. Und Geduld. Falls es erforderlich ist, müssen wir den Schwarzen helfen, das Rad noch einmal zu erfinden. Wir sind hierher gekommen, in guter Absicht. Voller Selbstaufopferung …

Unvermittelt und scheinbar aus nicht erkennbarem Grund fängt Lundin an, sich seine Kleider vom Leib zu reißen. Er heult vor lauter Angst und Schmerz auf. Unmittelbar fängt auch die Frau damit an, sich zu scheuern und im Gesicht zu kratzen. Der Mann hält all dies länger aus. Dann fängt auch er an, in seinen Kleidern zu scheuern und kratzen.

Gibt es hier Ameisen?

FRAU Jägerameisen.

LUNDIN Scheiße. Die sind ja überall …

Die Frau und der Mann helfen sich gegenseitig, die aggressiven Ameisen zu verscheuchen. Lundin ist völlig aufgelöst. Er kratzt sich tiefe Wunden in die Haut. Als die wandernde Ameisenarmee, ebenso schnell wie sie aufgetaucht ist, wieder verschwindet, steht er fast unbekleidet da.

MANN Sie kommen wie aus dem Nichts. Und nichts kann sie stoppen.

LUNDIN Es ist die Pflicht der Nachtwächter, sie frühzeitig zu entdecken. *Zur Frau* Rufen Sie die gesamte Belegschaft zusammen. So etwas darf nicht wieder vorkommen.

FRAU Ja, Bwana.

Sie öffnet die Außentür und läßt sie weit geöffnet. Dann gehen sie und der Mann die Treppe hinauf. Lundin ist allein. Er hält dem unsichtbaren Personal eine Rede.

LUNDIN Wir werden uns sicher gut verstehen. Vorausgesetzt, ihr gehorcht meinen Befehlen und befolgt meine Verbote … Verstanden? Und ihr sollt auch antworten. Ja, Bwana. Nein, Bwana. Auch verstanden? Den Nachtwächtern, die einschlafen, werden die Fußsohlen verbrannt. Im Wiederholungsfalle hat dies fristlose Kündigung zur Folge … Und du … Du bist Edith. Du hast das Recht, dich hier drin aufzuhalten, und du sollst deine Bluse zuknöpfen … Vergiss das nicht … Nichts darf da raushängen … Wenn ihr macht, was ich sage, werden wir uns sicher gut verstehen. *Betrachtet die unsichtbaren Afrikaner lange.* Und jetzt könnt ihr euch zurückziehen.

Er schließt sorgfältig die Tür. Eine schwarze Kobra schlängelt sich unbemerkt vor seine Füße. Er stellt sich an der Stelle auf, wo der Mann zu Beginn stand, und lauscht aufmerksam auf jedes Geräusch. Plötzlich trommeln um ihn herum laute Trommeln. Aber er hört sie nicht.

Schnell Dunkel.

Der gewissenlose Mörder Hasse Karlsson enthüllt die entsetzliche Wahrheit, wie die Frau über der Eisenbahnbrücke zu Tode gekommen ist

Personen

HASSE KARLSSON
SCHWALBE
HASSES MUTTER
DIE ALTE PFERDEHÄNDLERIN
JANINE
AURELIA

Die Geschichte spielt im strengen Winter 1948 in einer kleinen schwedischen Gemeinde. Da der Vorfall sich – viele Jahre später – in Hasse Karlssons Kopf als wiedererwachte Erinnerungen ereignet, kann meiner Meinung nach ein allzu detailverliebter Realismus großes Unheil anrichten.

Auch wenn Dunkelheit und Kälte einer tiefen Winterzeit eine bedeutende Rolle spielen, ebenso wie eine Eisenbahnbrücke, so kann das Knarren von Schnürskistiefeln hinlänglich Illusionen wecken; eine vollständige Winterlandschaft braucht es kaum.

Ich denke mir, Janine und Aurelia können von derselben Schauspielerin gespielt werden. Das bedeutet, man braucht zwei Schauspieler und drei Schauspielerinnen, um diese Geschichte zu erzählen.

Henning Mankell

Szene 1

Hasse ist allein auf der Bühne. Er ist erwachsen, heutig gekleidet.

HASSE Als mein Vater eines Tages anrief
und sagte, Mutter sei krank,
ernsthaft krank, sie werde bald sterben.
Als er anrief,
lagen sechsundzwanzig Jahre Streit zwischen meiner Mutter und mir.
Das ist eine lange Zeit,
sechsundzwanzig Jahre.
Wir hatten uns all die Jahre nicht mehr gesagt als FROHE WEIHNACHTEN,
SCHÖNES MITTSOMMERFEST und GEHT ES PAPA IMMER NOCH SCHLECHT?
am Telefon.
Mein Vater meinte, ich solle nach Hause kommen,
weil Mutter bald sterben werde.
Er fand, ich solle unverzüglich kommen,
bevor ihre Schmerzen so groß würden,
dass sie mich vielleicht nicht mehr wiedererkennen würde.
Ich nahm ein paar Tage frei und setzte mich in den Zug.
Ich musste in den Bus umsteigen,
da der Zug neuerdings nicht mehr bis zu uns fährt.
Wir waren zu dritt im Bus.
Es war
im tiefsten Winter
und spät am Abend.
Plötzlich knallte etwas,
der Bus legte sich schleudernd schräg,
und auf einmal standen wir
mitten im Wald in der Stille.
Der Chauffeur kletterte hinaus und sah nach.
Und sagte: »Hast du das gesehen, was … Das ist die Hinterachse!

Die ist weggebrochen, aber die Scheißkarre ist doch neu? So was kann doch gar nicht abbrechen. Unmöglich …!«
Da standen wir
draußen im Wald in der Kälte
und warteten auf Bergungsfahrzeuge
oder einen anderen Bus.
Ich stieg aus
und betrachtete die Sterne.
Auch sie schienen vom Frost überzogen.
Und in diesem Augenblick,
als ich in der Dunkelheit stand und fror,
sah ich die Geschichte,
die geschah, als ich mich damals mit Mutter zerstritt,
wieder vor mir.
Es war, als ob ich wieder ein dreizehnjähriger Junge wäre,
und ich dachte: Wie ist es eigentlich
damals zu all dem gekommen?
In jenem Winter vor sechsundzwanzig Jahren?

Szene 2

Schwalbe betritt die Bühne. Er ist dreizehnjährig. Er trägt Winterkleider, wie sie 1948 üblich waren. An seinen Skischuhen trägt er fest verschnürte Schneeschuhe. Er klettert auf den Stein, den Hasse »Klippenthron« nennt, und späht durch einen Feldstecher über den Fluss und die Eisenbahnbrücke. Es ist sehr kalt. Hasse taucht auf. Auch er ist dreizehn Jahre alt. Er ist ähnlich wie Schwalbe gekleidet, aber nicht so vornehm. Auch trägt er keine Schneeschuhe. Als er Schwalbe entdeckt, bleibt er erschrocken stehen. Er duckt sich, betrachtet Schwalbe und murmelt vor sich hin.

HASSE Wer ist das denn? … Warum steht der auf meinem Stein. Den habe ich hier noch nie gesehen …
SCHWALBE *höhnisch* Glaubst du, ich sehe dich nicht?
HASSE *verdutzt* Nee …
SCHWALBE Was glotzt du?
HASSE Ich glotze nicht.

SCHWALBE Du glotzt. Klar glotzt du … Soll ich dir zeigen, wie? *Schwalbe klaubt einen Spiegel aus der Jackentasche und hält ihn Hasse vors Gesicht.* Siehst du jetzt! Du glotzt!

HASSE *zum Publikum* Es war meine erste Begegnung mit ihm, den man die Schwalbe nannte. Ich hatte mir unten in der Bucht einen Stein ausgesucht, den ich den Klippenthron nannte. Dort ging ich jeweils nach der Schule hin und wartete darauf, dass etwas geschehen würde. Aber es geschah nie etwas. Zumindest nicht bis zu jenem Tag im Februar, als Schwalbe auftauchte …

SCHWALBE Das ist nicht dein Stein.

HASSE Ist er doch! Es setzt sich sonst niemand da drauf. Und ich habe ihm seinen Namen gegeben.

SCHWALBE Sind hier alle so in diesem Bauernloch?

HASSE Wir sind, wie wir sind.

SCHWALBE Ihr gebt den Steinen Namen? Und den Kiefern? Jetzt glotzt du wieder …

HASSE *glotzt auf die Schneeschuhe* Die sind schön.

SCHWALBE Die sind hässlich. Aber nützlich. Wie heißt du?

HASSE Hasse Karlsson.

SCHWALBE Was macht dein Vater?

HASSE Er ist Waldarbeiter. Und wie heißt du? Ich habe dich hier noch nie gesehen.

SCHWALBE Schwalbe.

HASSE Soll das ein Name sein?

SCHWALBE Mein Vater ist der neue Oberförster. Wie war der alte?

HASSE Er hieß Kronlund. Und war böse. Jetzt ist er tot. Das ist alles, was ich weiß.

SCHWALBE Ich bin gestern hierher gezogen. Willst du die Schneeschuhe ausprobieren?

HASSE Wonach guckst du mit dem Feldstecher?

SCHWALBE Man kann damit die Welt ganz nah oder ganz weit weg rücken … Willst du die Schneeschuhe probieren?

HASSE *zum Publikum* Später wurden wir Freunde. Schwalbe und ich. Er war anders. Und man konnte nie sicher sein, ob er die Wahrheit sagte oder log …

Szene 3

Hasse und seine Mutter sind auf der Bühne. Für uns nicht sichtbar spielen auch Hasses Vater und eine Katze mit ...

HASSES MUTTER Hasse! Was macht Vater?

HASSE Er holt Äpfel im Keller.

HASSES MUTTER Und du?

HASSE Ich werde hinausgehen.

HASSES MUTTER Bei der Kälte? Was willst du draußen tun? Hilf mir aus den Stiefeln. Die Füße sind heute so geschwollen ... Zieh! Hast du die Hausaufgaben gemacht?

HASSE Ja ...

HASSES MUTTER Komm, zieh, Junge, zieh ... Fester ...

HASSE Warum kaufst du dir keine neuen Stiefel? Die sind dir doch zu klein.

HASSES MUTTER Die Stiefel sind in Ordnung. Die Füße sind nur zu groß. Ich schleppe Servierbretter mit Bierflaschen und renne und werde herumgeschickt und schleppe und renne weiter ...

HASSE Ich möchte nie Kellner werden ...

HASSES MUTTER Dann mach die Hausaufgaben! *Der eine Stiefel ist ausgezogen.* Zieh jetzt. Zieh fester.

HASSE Kann das nicht Vater machen? Ich will hinaus.

HASSES MUTTER Draußen sind es dreiundzwanzig Grad minus. Wer wartet da draußen in der Kälte?

HASSE Schwalbe.

HASSES MUTTER Jetzt lügst du, Junge. Aber schlecht. Die Schwalben sind lange vor Wintereinbruch in den Süden gezogen.

HASSE Der nicht. Das ist der Sohn vom neuen Oberförster.

HASSES MUTTER Halt dich da raus. Sag ich dir bloß. Halt dich da raus.

HASSE So war meine Mutter. Sie konnte vornehme Leute nicht ausstehen. Der Disponent in der Sägerei war so einer: ein vornehmer Herr, der nie in die Hände spuckte und zupackte ... Ich bereute beinahe, dass ich verraten hatte, wer Schwalbes Vater war. Mutter war sehr leicht reizbar, und wenn sie brüllte, sprang die Katze davon und versteckte sich. Und dann mußte Vater dazwischengehen. Vater saß meist unten im Keller, wenn er schwere Zeiten hatte und nicht in den Wald hinauskonnte.

HASSES MUTTER Hörst du, was er sagt, Vater? Er will, dass du mir die Stiefel ausziehst, während er draußen rumrennt und mit dem Sohn des Oberförsters Schabernack ausheckt. Hörst du, was ich sage, Vater? *Zu Hasse* Wohin willst du gehen?

HASSE Hinaus.

HASSES MUTTER Hörst du, was er sagt, Vater? Er will hinaus! Er hat immer noch nicht kapiert, welches der richtige Umgang ist. *Zu Hasse* Und was passt dir an Sven-Olov nicht?

HASSE Was sollte mir an ihm nicht passen?

HASSES MUTTER Das passt dir nicht: Sein Vater karrt mit zwei abgetakelten Pferden Kisten herum. Das passt dir nicht! Stimmt das? Sein Vater ist nicht der Oberförster, sondern ein schielender Kerl, dem ihr Schlängel-Hugo hinterherschreit. Ist es nicht so? Ich dachte, du und Sven-Olov seid beste Freunde?

HASSE Ich verdrücke mich jetzt. Ich werde die Katze rauslassen. Tschüss.

HASSES MUTTER Hast du gehört, Vater? Er fängt an, den Eigenbrödler zu spielen. Komm und hilf mir jetzt mit dem Stiefel … ausziehen …

HASSE Und Vater zog. Und Mutter lärmte weiter … Aber sie war nicht nur so. Sie konnte auch anders sein. Aber man konnte nie im Voraus wissen, welche Laune sie von der Arbeit in der Kneipe nach Hause brachte. Am aufgeräumtesten war sie, wenn sie aus ihren Jahren als Kellnerin auf Hoher See erzählte …

HASSES MUTTER Matrosen! Matrosen, Hasse, Matrosen. Die alte Frau auf dem Meer! Wie konnte sie sich nur an Land werfen lassen? Mitten in einen Wald! Wie kann man an Land geworfen werden, wo kein Meer weit und breit in Sicht ist. Man trifft einen Vater, den man heiratet, der eine Landkröte ist und will, dass man aufhört, um die Welt zu segeln. Man landet hier, ohne dass man richtig weiß, warum … aber aus dir werde ich jemanden machen, mein lieber Hasse … du bist mein Meer … mach deine Hausaufgaben und mach etwas aus dir … sonst kriegst du nur geschwollene Füße, wie ich … Oh, mein Gott, all die Frachten, ich habe hundert Bananen für eine Krone gekauft, Hasse, vergiss das nicht, vergiss das nie …

Szene 4

Ein Winterabend. Kälte, knisternder Schnee, fahle Straßenlampen. Hasse und Schwalbe lauern im Schatten der Eisenhahnbrücke, die über den Fluss führt. Ein Zug donnert in einem Schneewirbel vorbei. Die Bahnschranken senken sich und werden wieder geöffnet. Das Läuten der Glocken erstirbt. Und es ist wieder still. Das Polarlicht flackert …

SCHWALBE Warum kommt hier niemand?
HASSE Um die Zeit ist wohl niemand draußen? Es ist ja schon neun.
SCHWALBE Das weißt du ohne Uhr?
HASSE Ich brauche keine. Der Zug fährt hier Punkt fünf vor neun vorbei.
SCHWALBE Mistomist, mir ist kalt!
HASSE Wenn es so kalt ist, darf man nicht stehen bleiben. Bewege dich. Hüpf!
SCHWALBE Glaubst du, das wärmt, wenn ich in die Hose pisse?
HASSE Fürs Erste vielleicht. Aber dann friert man mehr.
SCHWALBE *zuckt zusammen* Still …
HASSE Was ist?
SCHWALBE Da kommt jemand auf der Straße …
HASSE *lauscht* Nee … da ist niemand … Worauf warten wir eigentlich? Warum stehen wir hier und frieren? Manchmal vergessen sie im Kino die Notausgänge zu schließen. Wenn wir hineinschleichen, können wir den Film sehen …
SCHWALBE Wir werden Schrecken verbreiten!
HASSE *zweifelnd* Wir?
SCHWALBE Wer hier über die Brücke kommt, wird unser Opfer sein …
HASSE Wirklich?
SCHWALBE Wirklich!
HASSE Warum?
SCHWALBE Bist du blöd?
HASSE Nein!
SCHWALBE Vielleicht verblödet man, wenn man zu lange in diesem Loch hier gewohnt hat!
HASSE Du wohnst hier auch.

SCHWALBE Das zählt nicht. Sobald ich mit der Schule fertig bin, zieh ich hier wieder weg.

HASSE Wohin?

SCHWALBE Irgendwohin. Wo es nicht so gemein kalt ist. Wo es eine Uni gibt, die mir passt.

HASSE Was willst du werden?

SCHWALBE Nicht so was. Ich werde ein Mensch sein, den niemand vergisst.

HASSE Wie?

SCHWALBE *zischt* Es kommt jemand.

HASSE *zum Publikum* Ich habe nie erfahren, was Schwalbe eigentlich nicht werden wollte. Was er schon sein wollte. – In diesem Augenblick kam jemand zu Fuß über die Brücke. Der Schnee knarrte, und ein schwarzes Gespenst ging die Straße entlang.

... Die alte Pferdehändlerin geht vorbei. Eine schwarz gekleidete Frau mit einem sehr bleichen Gesicht.

SCHWALBE Wer ist das?

HASSE Das ist die Frau des Pferdehändlers. Ihr Mann hat Pferde verkauft. Aber jetzt ist er tot. Er hat sich zu Tode gesoffen, sagt meine Mutter.

SCHWALBE Wohin ist sie unterwegs?

HASSE Sie wohnt auf der anderen Seite des Flusses. Sie ist geizig ...

SCHWALBE Die kriegt von uns ...

HASSE Was soll die von uns kriegen? Die braucht nichts. Die ist reich. Das sagen alle. *Die Pferdehändlerin bleibt plötzlich stehen und niest so heftig, dass ihr der Hut vom Kopf fällt. Sie setzt ihn sich wieder auf und geht weiter und verschwindet.* Sie kommt vom Apotheker. Sie hat dort Karten gespielt.

SCHWALBE Jetzt ist sie auserwählt.

HASSE Was heißt auserwählt?

SCHWALBE Für unsere Rache, selbstverständlich. Wir werden sie erschrecken. Verstehst du gar nichts? *Er verschwindet schnell im Dunkeln. Hasse bleibt zurück.*

HASSE Was für eine Rache? Rache wofür?

Szene 5

Hasse und Hasses Mutter auf der Bühne. Da ist auch ein prächtiges Modell eines Dreimasters. »Celestine«. Sowie eine unsichtbare Katze ...

HASSES MUTTER Hassemann! Was macht Vater?

HASSE Er holt Äpfel im Keller! Ich heiße nicht Hassemann. ICH MAG DAS NICHT!

HASSES MUTTER Ob man mag oder nicht: Ich hatte heute in der Kneipe einen Stammgast, der zu viel trank. Er wurde laut und hat mit Stühlen um sich geschmissen. Das mag ich nicht ... Aber es kommt, wie es kommt, ob man mag oder nicht. Hast du deine Aufgaben gemacht?

HASSE Mhm ...

HASSES MUTTER Ich höre dich nicht?

HASSE Ja, habe ich gesagt.

HASSES MUTTER Nein, du hast nichts gesagt. Komm her, schau her!

HASSE Keine Zeit.

HASSES MUTTER Du hast keine Zeit? DU HAST KEINE ZEIT? Und wofür hast du keine Zeit?

HASSE Ich muss meine Hausaufgaben machen.

HASSES MUTTER Die hast du doch gemacht.

HASSE Ich habe gelogen.

HASSES MUTTER Sag mal, übst du?

HASSE Was üben?

HASSES MUTTER Die Kunst zu lügen, Junge?

HASSE Ich habe es ja zugegeben!

HASSES MUTTER Pass bloß auf, dass diese Schwalbe dich nicht aufpickt und wegfliegt und dich ihren Jungen verfüttert ... Komm mal her. Schau! Nimm die Katze weg! Wenn sie in die Takelage klettert, ist alles zu spät. Dann bleibt uns nur ein Wrack ...
Hasse verjagt die Katze aus der Umgebung des Modells.
Jetzt schau dir dieses Schiff hier an und beantworte meine Frage.

HASSE Welche Frage?

HASSES MUTTER Was möchtest du in deinem Leben zustande bringen?

HASSE Weiß ich nicht.

HASSES MUTTER Wenn man dreizehn ist, träumt man davon, etwas zu werden. Daran kann ich mich sehr gut erinnern. Mein Gott, was ich geträumt habe! Ich wollte durch den vergifteten Pfeilhagel der Pygmäen stromaufwärts rudern. Ich rettete in meiner Phantasie Säuglinge aus dem brennenden Kinderheim. Ich war Kapitänin auf dem Kreuzfahrtschiff »Atlantis«. Der erste weibliche Kapitän.

HASSE Aber daraus wurde ja nichts, Mutter.

HASSES MUTTER Es wurde nichts daraus, nein. Aber ich habe geträumt. Ohne Träume wird alles nichts … Du sollst die Katze wegnehmen, habe ich gesagt!

HASSE Ich habe mich noch nicht entschieden …

HASSES MUTTER Aber du musst träumen, Junge! Sonst wird nie etwas daraus! Das Leben ist kein Würfelspiel. Zwei Felder vorwärts und eines zurück. Und wenn es schief geht, fängt man einfach wieder von vorne an. So ist das nicht. Und wenn du keine Träume hast, so wird das Leben wie nasses Brennholz; es brennt nicht mehr.

HASSE Und man bedient in einer Bierkneipe …

HASSES MUTTER Was hast du gesagt?

HASSE Nichts … *Zum Publikum* In diesem Augenblick kam Vater mit den Äpfeln aus dem Keller. Zum Glück. Mutter wäre wahrscheinlich sehr wütend geworden, wenn ich gesagt hätte: Was ist das für ein Leben, mit geschwollenen Füßen in einer Bierkneipe zu servieren?! Mir fiel ein, was Schwalbe gesagt hatte …

Schwalbe taucht auf, für Hasse sichtbar, aber nicht für Hasses Mutter.

SCHWALBE Man muss es nur schaffen, den Feldstecher im richtigen Augenblick zu drehen, und die Welt wird weit weggerückt und ganz fern und klein. Dann wird alles gut …

HASSE Du, Schwalbe?

SCHWALBE Ja?

HASSE Wofür sollen wir uns eigentlich an der Pferdehändlerin rächen?

SCHWALBE Irgendwas.

HASSE Was hat sie denn getan?

SCHWALBE Alle haben irgendetwas getan.

HASSE Sie hat überhaupt nichts getan.

SCHWALBE Hat sie nicht?

HASSE Nee …

SCHWALBE Du hast gesagt, sie sei geizig.

HASSE Das habe ich bloß gehört …

SCHWALBE Dann rächen wir uns dafür. Keiner entkommt unserer Rache!

Schwalbe verschwindet. Hasse und Hasses Mutter bleiben.

HASSE *zum Publikum* Später. Sehr viel später habe ich erst verstanden, was Schwalbe meinte. Aber da war es schon zu spät.

HASSES MUTTER Nimm die Katze da weg, Vater. Die frisst uns die Segel von den Masten! Und gib mir einen Apfel …

HASSE Warum bist du nie Kapitän geworden? Warum bist du immer Kellnerin geblieben?

HASSES MUTTER Weil ich es so wie du gemacht habe.

HASSE Ich habe doch nichts gemacht.

HASSES MUTTER Genau. Du hast deine Hausaufgaben nicht gemacht. Genauso habe ich es auch gemacht! Hier in der Ladeluke befindet sich ein Geheimnis, Hassemann. Eines Tages werde ich es lüften. Eines Tages, wenn du gelernt hast, deine Hausaufgaben zu machen. Und nicht einen Tag früher …

Szene 6 a

Wieder ein Winterabend. Die Kälte knistert. Die Augen des Mondes sind kalt. Hasse und Schwalbe hocken bei der hohen, dunklen Eisenbahnbrücke in den Schatten.

SCHWALBE Jetzt sind es schon zehn Minuten, seit der Zug vorbeigefahren ist. Warum kommen sie nicht?

HASSE Es ist zu kalt. Ich gehe nach Hause. Ich habe meine Aufgaben nicht gemacht.

SCHWALBE Du hast Schiss. Du bist ein Feigling. Das bist du.

HASSE Das bin ich nicht.

SCHWALBE Dann musst du es tun!

HASSE Warum sollte ich? Warum nicht du?

SCHWALBE Weil wir das so beschlossen haben.

HASSE Du hast das beschlossen. Ich nicht …

SCHWALBE *wird auf etwas aufmerksam* Still jetzt … jetzt kommen sie … beeile dich …

HASSE Ich gehe nach Hause.

SCHWALBE Beeil dich. Sie kommt … jetzt kommt sie … du bist ein Feigling …

HASSE Das bin ich nicht …

Die Pferdehändlerin kommt, schwarz gekleidet, mit weißem Gesicht. Schwalbe und Hasse balgen im Hintergrund. Keuchen und kämpfen. Die Pferdehändlerin muss heftig niesen und der Hut fliegt davon. Dann geht sie weiter und ihre Schritte hallen in der Eisenkonstruktion, während sie über die Brücke entschwindet.

SCHWALBE Jetzt hast du alles versaut …

HASSE Es ging zu schnell …

SCHWALBE Du hast dich nicht getraut? Du hast dich nicht getraut …

HASSE *zum Publikum* In diesem Augenblick verstand ich, dass ich Schwalbe als Freund verlieren würde, wenn ich es nicht tun würde. Das wollte ich nicht. Er war mein erster Kamerad, der nicht einfach alles den anderen nachmachte …

Szene 6 b

An derselben Stelle. Am Abend, einige Tage später. Schwalbe stößt Hasse aus dem Schatten hervor. Hasse versucht den Weg zu überblicken. Man hört, wie das Knarren von Schuhen im kalten Schnee sich nähert. Hasse wirft sich auf den Boden und tut, als wäre er tot. Die Pferdehändlerin kommt nur tastend vorwärts, niest, so dass der Hut weggeblasen wird. Als sie ihn aufheben will, entdeckt sie Hasse. Sie springt vor Schreck zurück und beginnt aufgeregt zu jammern.

PFERDEHÄNDLERIN Ist hier ein Unglück geschehen, möglicherweise … ist er vom Zug angefahren worden … Junge, Junge … nein, er ist tot, ojojojoj, Junge … Er atmet noch, man sieht den Dampf aus seiner Nase, dann lebt er noch … Du darfst hier nicht liegen bleiben, Junge, sonst erfrierst du, und das bereust du später … Bist du krank? Hallo? HALLO? Nein, es ist wohl niemand mehr draußen jetzt … um Himmels willen, bei der Kälte … bist du tot, Junge? … So sag doch was! Nein, er antwortet nicht … dann ist er wohl doch tot …

Hasse bewegt sich. Wie ein schlechter Schauspieler stöhnt er vor Schmerzen.

Jetzt stöhnt er auf jeden Fall, dass es eine Freude ist … Tut dir etwas weh, Junge? Hat man dich geschlagen, oder war jemand böse zu dir? Oder hast du eine Blinddarmentzündung? Damit soll man nicht scherzen. Wenn er platzt, stirbt man, und man wird das Opferlamm des Todes …

HASSE *zischt* Krankenwagen …

PFERDEHÄNDLERIN Krankenwagen? Geht es dir so schlecht, Junge? Ja, da muss ich wohl rennen … aber frier dich hier nicht zu Tode, während ich renne … *Sie nimmt ihren Hut und stülpt ihn Hasse über.* Das hält dich etwas warm am Kopf, während ich weg bin … Es ist wohl doch der Blinddarm … *Sie hastet rutschend und schlitternd davon.*

Hasse schnellt hoch.

SCHWALBE *taucht aus den Schatten der Büsche auf* Die Alte hat ihren Hut hier gelassen.

HASSE Das ist die Kriegsbeute.

SCHWALBE Komm jetzt. Wir verstecken uns. Das wird echt stark …

HASSE *aufgewühlt* Sie hat gemeint, ich sei tot!

SCHWALBE Verstehst du jetzt? Verstehst du?

HASSE *zum Publikum* Wir versteckten uns. Nach einer Weile schlitterte der alte Krankenwagen durch den Schnee. Sie suchten und die Alte winkte und zeigte. »Mein Hut!«, schrie sie. »Mein Hut! Der Hut!« … Sie leuchteten hinunter in den Fluss, aber ich war ja längst weg. Der Fahrer des Notarztwagens wurde wütend und beschimpfte die Alte, sie sei wohl verrückt. »Die spinnt doch!«, schrie er, und dann fuhren sie weg. Die Pferdehändlerin blieb stehen und nieste ein paar Mal. Dann ging sie. Schwalbe zückte plötzlich ein Messer.

SCHWALBE *zerschneidet den Hut in zwei Teile, einen Teil gibt er Hasse* Unser erster Skalp. Ein Hutskalp …

HASSE Was, glaubst du, denkt sie?

SCHWALBE Sie denkt nicht. Sie hat Angst.

HASSE *zum Publikum* Als er das sagte, stürzte ich davon. Irgendetwas zog sich in meinem Magen zusammen. Es war etwas in seiner Stimme, etwas Hartes, und Hässliches … und trotzdem fand ich es anziehend … und das war bloß der Anfang …

Szene 7

Hasses Mutter ist allein auf der Bühne. Sie hat Zahnschmerzen.

HASSES MUTTER Hassemann! Was macht Papa?

HASSE *kommt dazu* Er sitzt im Keller und schält Äpfel.

HASSES MUTTER Du musst mir diesen Zahn ziehen.

HASSE Nie im Leben! Geh zum Zahnarzt.

HASSES MUTTER Nie im Leben! Kannst du Vater rufen! Er muss ihn mir ziehen. Hol mir eine Beißzange, dann tue ich es selber.

HASSE So war meine Mutter. Total verrückt. Man konnte sich für sie schämen. Und auf sie stolz sein. Gleichzeitig. Sie war einerseits die Tochter des berühmten Bärenjägers. Und andererseits eine lächerliche Bedienung. Meine Mutter traf Schwalbe nur ein einziges Mal. Und damals begann unser endgültiges Zerwürfnis … ich bin mir allerdings nicht sicher …

HASSES MUTTER Schneeschuhe? Hast du Schneeschuhe gesagt?

HASSE Was soll daran so ungewöhnlich sein?

HASSES MUTTER Du behauptest, der Bengel von dem Oberförster hat Schneeschuhe.

HASSE Er hat sie aus dem Ausland.

HASSES MUTTER Hast du das gehört, Vater. Holger! Wo ist Vater? Gibt es überhaupt noch Äpfel da unten?

HASSE Er schaufelt draußen den Schnee weg bei der Hundehütte.

HASSES MUTTER Ich möchte diese Schneeschuhe sehen, bevor ich sterbe.

HASSE *zum Publikum* Mir wäre lieber gewesen, Schwalbe wäre nicht hier nach Hause gekommen. Ich hatte ja gesehen, wie er wohnte. Was sollte er dann von diesem Loch hier halten?

HASSES MUTTER Gib mir die Beißzange!

HASSE Geh zum Zahnarzt.

HASSES MUTTER Es tut weh.

HASSE Klar tut das weh!

HASSES MUTTER Erzähl mir etwas, was mich wütend macht. Dann vergesse ich, dass es wehtut.

HASSE Was soll ich dir denn erzählen?

HASSES MUTTER Wie viele Zimmer hat diese Schwalbe zum Rumfliegen?

HASSE Sieben.

HASSES MUTTER Und wir haben zwei. Aber wie viel hat der Schlängel-Hugo und seine Familie? In wie vielen Zimmern kann Sven-Olof herumfliegen? Er hat wohl nicht einmal einen eigenen Ast, um sich hinzusetzen!

HASSE Ein Zimmer.

HASSES MUTTER Sag Vater, er soll mit dem Schaufeln aufhören und hereinkommen und sich das anhören! Ein Zimmer? *Ernsthaft* Aber du bist jetzt etwas Besseres geworden und ziehst Spielkameraden mit sieben Zimmern vor. Ist das nicht so?

HASSE Es ist ja wohl nicht Schwalbes Fehler, dass sein Vater viel Geld hat und ein großes Haus?

HASSES MUTTER Aber ist es Schlängel-Hugos Fehler, dass er seine Familie in einem Zimmer zusammenpferchen muss? Sogar seine Pferde haben im Stall mehr Platz!

Hasse kann nicht antworten. Schwalbe erscheint ihm in seiner Phantasiewelt. Unsichtbar für Hasses Mutter.

SCHWALBE Warum hast du kein eigenes Zimmer?

HASSE Es gibt zu wenige.

SCHWALBE Wie viele wohnen in deinem Zimmer?

HASSE Ich teile es mit den beiden kleineren Brüdern.

SCHWALBE Warum sucht ihr euch nicht etwas Größeres?

HASSE Warum kann man sich seine Eltern nicht selber aussuchen?

Schwalbe verschwindet wie eine Fata Morgana.

HASSES MUTTER Was macht Vater jetzt?

HASSE Er steht draußen und guckt in die Sterne.

HASSES MUTTER Dann geht es ihm nicht gut … Du lädst diese Schwalbe, die in ihren vielen Zimmern herumfliegt, hierher ein, damit wir uns seine Schneeschuhe anschauen können.

HASSE Wer wir? Ich habe sie doch schon gesehen. Und ausprobiert.

HASSES MUTTER Aber hat Vater sie gesehen? Habe ich sie gesehen? Haben deine Brüder sie gesehen? Denkst du nur an dich, Hassemann? Dann kriegst du es mit mir zu tun, das verspreche ich dir!

HASSE Es ist so eng hier.

HASSES MUTTER Du lädst ihn ein, Hassemann. Sonst gehen wir beide getrennte Wege. Willst du, dass wir beide getrennte Wege gehen?

HASSE Nee …

HASSES MUTTER Also, dann … Vater! Holger! Hol die Beißzange. *Die Mutter wird weggeblendet.*

Schwalbe und Hasse sind allein auf der Bühne. Es ist kalt. Hasse schleppt Schwalbes Schneeschuhe.

HASSE *hoffnungsvoll* Du brauchst nicht zu uns zu kommen, wenn du nicht willst.

SCHWALBE Klar will ich sehen, wie du wohnst.

HASSE In der Küche riecht es nach Katzenpisse. Nur, dass du es weißt. Nach nassen Wollsocken und alten Äpfeln. Nur, dass du es weißt …

SCHWALBE Es macht Spaß zu vergleichen. Warum bleibst du stehen?

HASSE *düster* Hier wohne ich.

Hasses Mutter tritt dazu. Sie dreht und wendet ein Radio und versucht es einzuschalten. Schwalbe und Hasse kommen bei ihr an.

Mama, das hier ist Schwalbe.

SCHWALBE Tag, Tante.

HASSES MUTTER Das mit der Tante lass mal bleiben. Ich bin Hasses Mutter und heiße Berta. Und wenn einer in der Kneipe von mir nicht bedient wird, darf er mich dicke Berta nennen … Wie heißt du noch, außer Elster?

HASSE Schwalbe, Mama.

SCHWALBE Ich heiße Sture.

HASSES MUTTER Hier in diesem Haus nehmen wir die Dinge, wie sie kommen. Vater! Hast du einen Ast, damit die Schwalbe hier sich setzen kann! Und bring ihm einen Apfel! Also lass uns diese Wunderdinger anschauen!

Schwalbe zeigt die Schneeschuhe.

Hasses Mutter betrachtet sie gründlich. Probiert sie aus, schlurft damit über den Boden …

SCHWALBE Mein Vater hat einen Bruder, der in Kanada wohnt. Er hat sie mir gekauft.

HASSES MUTTER Ach so. Dein Vater hat einen Bruder, der in Kanada wohnt … Das ist nicht schlecht. Vater! Hast du irgendeinen Bruder, der in Kanada wohnt … Das sollte sich deine Firma anschaffen, für alle, die im Wald Holz schlagen. Dann müssten sie nicht bis zur Hüfte im Schnee herumwaten … gibt es da auch Größen für Frauen?

SCHWALBE Das weiß ich nicht.

HASSES MUTTER Nein, wie solltest du das wissen? *Hastig* Was treibt ihr da eigentlich an den Abenden, wenn ihr draußen in der Kälte herumrennt. Machst du nie Hausaufgaben?

SCHWALBE Ich mache sie unmittelbar nach der Schule.

HASSES MUTTER Hast du das gehört, Hasse?

HASSE *zum Publikum* Ich wusste selbstverständlich, dass Schwalbe log. Er hat nie Hausaufgaben gemacht. Aber die Lehrer wagten nicht, ihn dafür zu rügen, da sein Vater ja der Oberförster war. Trotzdem wurde ich wütend auf Mama. Ich wurde wütend auf Mama, weil Schwalbe sie anlog.

SCHWALBE Das Radio da sieht gut aus.

HASSES MUTTER Aber es geht nicht. *Sie dreht an den Knöpfen.* Nichts. Nur Rauschen. Kieselgeriesel vom Mondgestein.

SCHWALBE Mein Papa hat eben einen neuen Luxor gekauft.

Langes Schweigen. Ein Engel geht durch den Raum.

HASSE *zum Publikum* Wir konnten uns so einen nicht leisten. Einen Luxor. Ich dachte, Mutter würde eine Bemerkung machen, wie sie es immer tat. Aber Gott sei Dank sagte sie das eine Mal gar nichts … ich zog Schwalbe, so schnell es ging, mit mir fort. Es war kälter denn je. Ich erinnere mich daran, dass Schwalbe noch sagte:

SCHWALBE Schön habt ihr es.

HASSE *zum Publikum* Aber was dachte er? Was dachte er darüber, dass man gezwungen war, in zwei Zimmern zu wohnen und mit Katzenpisse in der Küche?

Szene 8

Abend bei der Eisenbahnbrücke. Es schneit. Hasse und Schwalbe.

SCHWALBE Wie wär's mit einer Wette?

HASSE Was für eine?

SCHWALBE Irgendeine!

HASSE Warum willst du immer wetten? Ich habe kein Geld.

SCHWALBE Wer gewettet hat, weiß, ob er ein Gewinner ist oder ein Verlierer. Ich wette mit dir, das nächste Opfer, was da auf der Straße kommt, ist ein Mann.

HASSE Und ich glaube, es ist eine Frau. Was kriegt der Gewinner?

SCHWALBE Du hast also kein Geld? Der Verlierer kriegt eine Strafe.

HASSE Hast du je einmal gefrorenen Stahl geleckt?

SCHWALBE Nein.

HASSE Der Verlierer muss mit der Zunge am Stahlträger der Brücke lecken. Zehn Sekunden lang.

SCHWALBE Das ist doch keine Strafe.

HASSE Wir werden sehen. *Zum Publikum* Es waren abends nur wenige Leute auf der Straße unterwegs. Manchmal kam nicht ein Einziger vorbei. Aber diese Wette gewann ich. Es knarrte im Schnee.

SCHWALBE *zischt* Es kommt jemand …

Hasse und Schwalbe verstecken sich in den Schatten. Es knarrt im Schnee. Janine nähert sich. Sie trägt Winterkleider und ist nur unwesentlich älter als Hasse und Schwalbe. Sie ist auffallend süß. Aber in ihrem Gesicht klafft da, wo ihre Nase sein sollte, ein Loch. In der Hand trägt sie einen Posaunenkasten. Sie geht langsam, summt melancholisch einen Psalm, lässt ihn laut erschallen bis in den Himmel hinauf, als ob die Eisenbahnbrücke über ihr eine Kathedrale wäre. »Herrlich ist die Eeeeerdeeeeee!« Plötzlich stimmt sie ein energisches Schabadabababb von »Sweet Georgia Brown« an. Die fahlen Straßenlaternen werden ihr Rampenlicht. Die Eisenbahnbrücke ihre Bühne. Ihre Sinnes- und Lebenslust überwältigen sie. Aber plötzlich, wie herausgerissen, wird sie betrübt und lehnt über das Brückengeländer, als überlegte sie sich, sich da hinunterzustürzen. Dann ist sie mit einem Mal verschwunden …

Was ist denn das für eine Verrückte?

HASSE Ich habe die Wette gewonnen.

SCHWALBE *überhört Hasses Bemerkung* Die sieht ja vielleicht komisch aus.

HASSE Die kennt hier jeder. Sie hat keine Nase. Man wollte sie operieren, aber es ging schief. Der Arzt hat ihr die ganze Nase weggeschnitten. Sie heißt Janine und spielt Posaune. Alle gruseln sich ein wenig vor ihr. Aber ich habe die Wette gewonnen!

SCHWALBE Komm, wir gehen ihr hinterher. Komm …

Janine ist in ihrer Küche in dem kleinen Haus, das sie allein bewohnt. Sie wiegt sich barfuß auf dem Korkteppich durch »Georgia on my mind«. Hasse und Schwalbe drücken ihre Nasen an ihrem Fenster platt und glotzen die Offenbarung an.

Wie gruselig. Die hat tatsächlich keine Nase …

HASSE Sie spielt ziemlich gut Posaune.

SCHWALBE Stimmt nicht. Sie spielt falsch.

HASSE Nein, das stimmt nicht.

SCHWALBE Was weißt du schon. Du spielst ja kein Instrument.

HASSE Nein. Aber ich habe vielleicht auch zwei Ohren?

SCHWALBE Mein Vater spielt Klavier. Und ich kann hören, dass sie falsch spielt. Komm, wir machen uns vom Acker. Bring morgen Abend einen Spaten mit.

HASSE Einen Spaten?

SCHWALBE Ja, einen Spaten. Weißt du, was das ist?

HASSE Klar weiß ich, was ein Spaten ist. Was soll ich damit?

SCHWALBE Das wirst du morgen sehen …

HASSE Ich habe die Wette gewonnen.

SCHWALBE Ich werde an der Brücke lecken. Aber erst werden wir der nasenlosen Verrückten einen ordentlichen Schrecken einjagen …

Am Abend danach. Hasse steht mit einem Spaten bei der Brücke und wartet auf Schwalbe.

HASSE Ich ahnte nicht, wozu wir den Spaten brauchen sollten. Ich befürchtete, Schwalbe würde eine Ausrede erfinden und sich vor der Wette drücken.

Schwalbe taucht aus der Dunkelheit auf. Er hat einen leeren Kartoffelsack dabei.

SCHWALBE Hast du den Spaten? Gut! Weißt du, wo es einen Ameisenhaufen gibt?

HASSE Im Winter gibt es keine Ameisen.

SCHWALBE Unter dem Schnee gibt es sicher welche! Aber wo?

HASSE Hinter dem Friedhof gibt es ein paar große Ameisenhaufen. Aber sie sind zugeschneit.

SCHWALBE Dann nichts wie los. Wetten, ich bin zuerst dort?

HASSE Wir rannten um die Wette und Schwalbe gewann, da mein Spaten schwer war und sein Leinensack ganz leicht. Unter dem Schnee fanden wir einen gefrorenen Ameisenhaufen.

SCHWALBE Grabe ihn aus.

HASSE Du kannst selber graben! *Zum Publikum* Aber ich musste ihn natürlich selber ausgraben. Lehmschollen mit tiefgefrorenen Ameisen. Einen ganzen Ameisenstaat stopften wir in den Sack hinein. Dann schleppten wir ihn zu Janines Haus …

SCHWALBE Still jetzt.

HASSE Der Sack ist schwer.

SCHWALBE Es ist dunkel. Also schläft sie.

HASSE Ich friere … Was sollen wir mit diesen Ameisen?

SCHWALBE Das Küchenfenster ist nur angelehnt … Komm jetzt … Wir schütten die Ameisen hier rein … In der Wärme werden sie zum Leben erweckt. Morgen, wenn sie aufwacht, ist die ganze Küche voll mit Ameisen …

Schwalbe lacht ein leises, merkwürdig aufgeregtes und nervöses Lachen.

HASSE *zum Publikum* Und wir taten es. Wir schütteten den ganzen Ameisenhaufen hinein. Dann rannten wir weg. Erst als wir bei der Brücke waren, blieben wir stehen.

SCHWALBE Morgen schmieren wir ihr Lack auf die Johannisbeerbüsche. Und wir nageln ihr eine tote Krähe an die Tür …

HASSE Reicht das denn nicht mit den Ameisen?

SCHWALBE Du bist ein Feigling!

HASSE Du bist der Feigling! Du traust dich nicht einmal, an der Brücke zu lecken!

SCHWALBE Sollen wir wetten?

HASSE Was?

SCHWALBE Wenn ich mit der Zunge Eisen lecke, kletterst du über die Brücke.

HASSE Wieso soll man wetten, wenn man doch eben gewettet hat?

SCHWALBE Das kann man wohl?

HASSE *unter Protest* Okay, dann los …

Schwalbe leckt an der Brückenkonstruktion. Hasse zählt, so langsam er kann, auf zehn. Als Schwalbe versucht, die Zunge loszureißen, hört man ein unangenehmes Geräusch, als ob die Haut der Zunge abreißen würde. Schwalbe war auf diesen Schmerz nicht vorbereitet und schreit erst auf, ehe er vor Schmerz zu weinen beginnt. Er macht sich aus dem Staub.

Zum Publikum Ich schaute an der Eisenbahnbrücke hoch und wusste, wenn ich da hinaufklettere, werde ich sterben. Dann sagte ich mir, ich muss versuchen, so denken zu lernen wie Schwalbe. Ich muss etwas erfinden, um mich zu drücken. Aber was? Wie könnte ich mich herausmogeln …

Szene 9

Hasse ist allein auf der Bühne.

HASSE *zum Publikum* Es war der längste Winter, den ich je erlebt hatte. Der Klippenthron unten am Fluss, wo ich Schwalbe zum ersten Mal begegnet war, lag völlig zugeschneit – und ich sollte über die Brücke klettern!! Aber Schwalbe wurde krank. Er hatte einen roten Ausschlag. Niemand konnte genau sagen, was es war. Es waren weder Masern noch Röteln noch Windpocken. Er lag wochenlang nur krank im Bett und niemand durfte ihn besuchen.

Hasses Mutter tritt auf die Bühne. In der Hand trägt sie ein Bündel mit Rattenfallen.

HASSES MUTTER Vater! Holger? Wo ist Hassemann?

HASSE Ich heiße Hasse! Und nichts sonst …

HASSES MUTTER Hier bist du! Hast du die Hausaufgaben gemacht?

HASSE Ja.

HASSES MUTTER Dann darfst du jetzt hinaus und Rattenfallen verkaufen.

HASSE *zum Publikum* Ich kann mir nichts Schlimmeres vorstellen. Meine Mutter war der Ansicht, wir bräuchten ein kleines Zubrot. Besonders, wenn es meinem Vater nicht gut ging und er nach den Sternen guckte, anstatt im Wald Holz zu schlagen. Dann stellte sie Rattenfallen her. Sie hatte den Mechanismus selber erfunden. Es waren gute Fallen. Aber ich schämte mich wie ein Hund. Ich wollte nicht hausieren und Rattenfallen verkaufen. Warum konnten meine Eltern nicht ebenso viel verdienen wie Schwalbes Vater?

HASSES MUTTER *Eine Rattenfalle schnappt zu.* Und vergiss den Preis nicht. Zehn Öre für eine. Drei für fünfundzwanzig Öre. Und zehn für fünfundsiebzig Öre.

HASSE Ich will das nicht!

HASSES MUTTER Was willst du nicht?

HASSE Rattenfallen verkaufen …

HASSES MUTTER Es gibt keine besseren Rattenfallen als die hier.

HASSE Ich will aber nicht.

HASSES MUTTER Bist du dir jetzt dazu zu vornehm, Hassemann? Wie, glaubst du, würde die Welt aussehen, wenn solche Menschen wie wir nicht hin und wieder Rattenfallen verkaufen würden? In den sieben Zimmern des Oberförsters würde es bald von Ratten und Mäusen wimmeln …

HASSE *zum Publikum* »Du kannst deine Rattenfallen selber verkaufen!« – das hätte ich ihr am liebsten entgegengeschrien. Ich wünschte mir, ich hätte eine andere Mutter. Und einen anderen Vater, der nicht immer im Keller hockt, wenn es ihm schlecht geht.

HASSES MUTTER Schämst du dich für deine Mutter?

HASSE Nein.

HASSES MUTTER Zieh nicht so eine vornehme Damenschnute!

HASSE Ich gehe nicht hausieren und verkaufe Rattenfallen.

Hasses Mutter gibt ihm eine überraschende Ohrfeige. Der Schlag auf die Wange dröhnt wie ein Donnerschlag. Sie wird weggeblendet und Hasse bleibt allein auf der Bühne zurück.

Hasse zum Publikum. In diesem Augenblick hasste ich meine Mutter. Nach diesem Knall dauerte es Tage, bevor wir wieder miteinander sprechen konnten. Aber Schwalbe kam wieder zur Schule …

SCHWALBE *kommt auf die Bühne* Komm, schau, du wirst staunen. *Er streckt ihm die Zunge heraus.* Jetzt sieht man nichts mehr. Meine Zunge war stärker als die Brücke!

Szene 10

Bei der Brücke. Hasse wartet. Er wartet in der Kälte. Aus den Schatten kommt Schwalbe angeschlichen. Er trägt eine Büchse in der Hand. Er stiehlt sich von hinten an Hasse heran und stellt ihm so das Bein, dass Hasse zu Fall kommt.

SCHWALBE Du musst die Augen auch im Rücken offen halten, Hasse. Sonst bringst du es nie zu etwas!

HASSE *mit einem schmerzenden Stechen im Ellbogen* Du musst ja wohl nicht so heftig zuschlagen!

SCHWALBE Weißt du, was ich hier habe?

HASSE Nein.

SCHWALBE Lack. Hast du vergessen? Wir werden der nasenlosen Verrückten die Büsche lackieren.

HASSE Ich habe keine Lust dazu. Aber ich bin kein Feigling!

SCHWALBE Das bist du, ein Feigling bist du! Und dann wirst du über die Brücke klettern.

HASSE *murmelt* Ich mach's schon. Ich weiß, ich werde es tun. Ich werde …

SCHWALBE Komm, wir verpissen uns jetzt!

HASSE Ich glaube, ich komme nicht mit. Ich versuche stattdessen, mich ins Kino zu schmuggeln. Heute Abend gibt es einen Western. *Verzweifelt* Was soll daran so genial sein, jemandem die Johannisbeerbüsche mit Klarlack voll zu schmieren?

SCHWALBE Dann mache ich es halt allein.

HASSE *zum Publikum* Ich bin natürlich mitgegangen. Warum macht man Dinge, die man nicht tun will? Darauf fand ich keine Antwort. Schwalbe stand Schmiere, während ich die Büsche lackierte. Ich erinnere mich noch genau daran, wie es mich schüttelte vor lauter Kälte.

Janine taucht lautlos aus den Schatten auf.

Schwalbe hatte mich ermahnt, die Augen auch im Rücken offen zu halten. Plötzlich hörte ich etwas …

Hasse dreht sich schnell um. Da steht Janine.

JANINE *mit einem eigenartigen Blasgeräusch beim Sprechen* Was machst du hier?

HASSE Nichts. *Zum Publikum* Ich versuchte, Schwalbe in den Büschen auszumachen. Aber er war nicht mehr zu sehen. *Zu Janine* Ich werde jetzt gehen. Ich habe mich nur verirrt.

JANINE *entdeckt die Schweinerei auf den Johannisbeerbüschen* Was soll denn das hier? Machst du mir meine Johannisbeerbüsche kaputt?

HASSE *zum Publikum* Wo war Schwalbe? Er war verschwunden. Am besten, ich haue ab. Sie wird mich nie einholen …

Hasse rennt weg. Aber Janine ist schneller. Zum zweiten Mal an diesem Abend fällt Hasse über eine wohlgezielte Beinschere.

JANINE Du kommst jetzt mit mir hinein! *Sie zerrt ihn zu sich nach Hause.*

Schwalbe taucht aus dem Dunkel auf und drückt seine Nase von außen am Fenster platt.

Du hast mir die Ameisen durchs Fenster geworfen!

HASSE Nein …

JANINE Lüge nicht. Ich will wissen, warum!

HASSE *zum Publikum* In diesem Augenblick entdeckte ich Schwalbe. Er stand draußen vor dem Fenster und grinste. Am liebsten hätte ich ihn verraten. Da! Der da. Er hat das alles ausgeheckt. Er hat darauf bestanden, uns rächen zu müssen. Er wollte Angst und Schrecken verbreiten. Aber ich sagte nichts.

Irgendetwas war merkwürdig in ihrer Stimme.

JANINE Warum sagst du nichts?

HASSE *zum Publikum* Sie klang nicht im Geringsten böse. Nur traurig. Dann fragte sie nicht mehr weiter. Es wurde ein eigentümlicher Abend …

JANINE Wenn man keine Nase hat, muss man sich eine machen. *Sie führt verschiedene selber gebastelte Nasen vor.* Ich kann mir eine Stupsnase aufsetzen, eine Hakennase, eine schiefe Nase, eine lange Nase, eine Knollennase, eine Hexennase, eine Clownsnase. Und ich kann sie täglich wechseln. Das kannst du nicht. Welche Nase passt mir heute? Und ich kann wählen zwischen Jammern oder Bügeleisen in die Taschen stecken und mich ertränken oder einfach über alles lachen. Du kannst ruhig denken, ich sei hässlich oder schrecklich oder ekelhaft. Aber man schmeißt keine Ameisen in meine Küche! Und man schmiert mir keinen Kleister auf meine Johannisbeerbüsche!! Jetzt werde ich für dich spielen. Damit du das nie wieder tust. *Nimmt die Posaune und spielt den Anfang von »One O'Clock Jump«.* Eigentlich müsste ich dir den Hals umdrehen. Oder dich in den Ofen stopfen und braten und essen. Aber das tue ich nicht. Ich will nur wissen, warum …

HASSE Ich weiß nicht.

JANINE Warst du allein?

HASSE Ja …

JANINE *macht eine hastige Bewegung zum Fenster hin, wo Schwalbes entsetztes Gesicht überstürzt verschwindet* Und was ist das da für einer? Nein, du sagst nichts. Dann kannst du gehen. Aber wenn du es dir anders überlegst, kannst du zurückkommen. *Sie greift nach der Posaune und spielt einen schwermütigen »Creole Love Call«.*

HASSE *wendet sich dem Publikum zu, während die Musik warm und sanft und wehmütig klingt* Ich erinnere mich, wie ich da weggerannt bin und dachte: Das ist eine Art nasenloser Engel. Sie rief nicht die Polizei an. Sie ließ mich einfach gehen. Wenn sie eine Nase gehabt hätte, wäre sie eine von denen gewesen, die man heiraten würde, später, wenn man erwachsen sein wird …

Die Musik erstirbt langsam. Janine verschwindet.

Bei der Brücke wartete Schwalbe.

Schwalbe taucht aus den Schatten auf.

Das war das mieseste Schmierestehen, das ich je erlebt habe.

SCHWALBE Ich hab sie schon kommen sehen. Ich wollte nur wissen, wie du dich aus der Affäre ziehst …

HASSE Ich glaube nicht, dass du dich getraut hättest, etwas zu unternehmen.

SCHWALBE *in einem plötzlichen und unvorbereitet heftigen, fast ungebremsten Ausbruch, fast ist es Wahnsinn* ICH TRAUE MICH ALLES! WAS IMMER DU WILLST! Ich klettere auf die Brücke hinauf und stell mich zualleroberst noch hin und pisse dir auf deinen kleinen Kopf drauf!!! Ich trau mich alles! ALLES!! Niemand kann mich daran hindern! Ich bin eine Schwalbe … *Schwalbe flattert völlig durchgedreht mit seinen Jackenflügeln und verschwindet.*

HASSE *bleibt auf der Bühne zurück; zum Publikum* Er wurde richtig wahnsinnig. Ich hatte ein bisschen Angst vor ihm. Und doch war er mein Freund. Der beste Freund, den ich je gehabt hatte …

Szene 11

Hasses Mutter kommt auf die Bühne. Kurz darauf kommt Hasse, der ein paar Bandy-Schlittschuhe um den Hals hängen hat, einen Bandystock und eine Schultasche trägt.

HASSE *zum Publikum* Mutter kam mir auf halbem Weg nach Hause entgegen. Ich wusste sofort, dass etwas Schlimmes geschehen war. Vielleicht hatte Janine das mit den Ameisen und dem Klarlack gepetzt.

HASSES MUTTER Vater ist weg. Du musst mir helfen, ihn zu suchen.

HASSE Was heißt weg?

HASSES MUTTER Es ist einer in die Kneipe gekommen, der hat ihn die Eisenbahnschienen entlangspazieren sehen. In Unterwäsche. Er wird uns erfrieren bei der Kälte. Wenn wir ihn nicht finden, muss die Polizei ihn mit Hunden suchen … Komm jetzt!

HASSE *zum Publikum* Mein Vater war vorher noch nie abgehauen. Auch wenn es sich später oft wiederholt hat. Er lief dann einfach weg, wenn er sich nicht wohl fühlte … Wir rannten entlang der Eisenbahnschienen. Und ich dachte immer nur: Scheißvater, Scheißvater! Ich will keinen Vater, der spinnt.

HASSES MUTTER Schau. Hier.

HASSE Vaters Brille. Er muss also in die Richtung gegangen sein. Warum hat er seine Brille weggeworfen?

HASSES MUTTER Wir müssen ihn finden, bevor es dunkel wird! *Ruft* Vater! Holger …

HASSE Hier ist sein Geldbeutel … *Zum Publikum* Mutter weinte. Das tat sie sonst nie. Da fuhr mir der Schrecken erst so richtig in die Glieder. *Zur Mutter* Wir finden ihn schon wieder.

HASSES MUTTER Er wird sich den Tod holen.

HASSE Warum ist Vater so eigenartig?

HASSES MUTTER Er findet das Leben manchmal zu schwer … Man muss versuchen, das auszuhalten. Aber Vater hält es nicht immer aus …

HASSE War er immer so?

HASSES MUTTER Vor der Heirat nicht. Es begann, als einer seiner besten Freunde bei der Waldarbeit umkam. Der stolperte und ein gewaltiger Baum fiel unglücklich auf ihn. Vater hatte nicht genug Kraft, den gefällten Baum zu bewegen. Er konnte bloß daneben sitzen und nichts tun und zusehen, wie sein Freund starb. Damals fing das alles an … HOLGER! Wo bist du!

HASSE *langsam* Da!

HASSES MUTTER Aber Holger, lieber Holger. Warum sitzt du hier? Du kannst dir doch den Tod holen. Ist denn das so schwer? Komm, jetzt gehen wir nach Hause.

HASSE *zum Publikum* Vater saß wie ein allein gelassener Troll auf einem Baumstumpf und schluchzte. Die Ärmel hatte er hochgekrempelt, als hätte er sich dazu entschieden, zu Tode zu frieren. Er war so steif, dass wir ihn fast tragen mussten. Mutter redete auf ihn ein, als wäre er ein kleines Kind. Und ich verstand, dass sie ihn sehr, sehr lieben musste, obwohl er so komisch war … An diesem Abend blieb ich zu Hause. Obwohl Schwalbe draußen an der Brücke wartete. Stattdessen übte ich den Handstand. Ich war der Einzige in der Klasse, der ihn nicht konnte. *Er übt den Handstand. Er schafft es nicht.*

HASSES MUTTER *kommt auf die Bühne* Du kannst das ja super …

HASSE Kann ich nicht. Ich falle ja die ganze Zeit hin.

HASSES MUTTER Vater schläft jetzt.

HASSE Hat er etwas gesagt?

HASSES MUTTER Was hätte er sagen sollen?

HASSE Warum er so komisch ist.

HASSES MUTTER Wenn er so traurig ist, sagt er gar nichts.

HASSE Wenn ich so werde wie Vater, werde ich mich aufhängen …

HASSES MUTTER So redest du nicht über deinen Vater, wenn es ihm schlecht geht. *Sie taucht ihre geschwollenen Füße in ein Wasserbecken.* Weißt du, was sich im Laderaum der »Celestine« befindet, Hasse? Jedes Mal wenn ich fünfzig Kronen Trinkgeld gemacht habe, wechsle ich sie in einen Fünfziger und stopfe ihn dort hinein. Eines Tages wird er voll sein. Und dann werden du, dein Vater, deine Brüder und ich in eine Stadt reisen, die heißt Rotterdam.

HASSE Was sollen wir dort?

HASSES MUTTER Dort gibt es Schiffe aus der ganzen Welt. Dort sind alle Menschen Seeleute, und alle werden nach Meer riechen, du und Vater und ich und deine kleinen Brüder … Einmal noch in meinem Leben möchte ich dorthin zurück, um zu sehen, ob es das Meer noch gibt.

HASSE Rattendame. Das klingt, als ob wir eine hässliche Frau besuchen.

HASSES MUTTER Vielleicht für dich, armer Kerl. Du musstest ja hier unter Landratten aufwachsen.

HASSE Ich ziehe gerne hier weg, Mama!

HASSES MUTTER Und ich? Was, glaubst du, möchte ich? Eine alte Schachtel, die ausgerechnet da an Land geworfen wurde, wo es nur Bäume gibt. Kein Meer. Kein Monsun. Kein Wind. Ich wurde an Land geworfen und wurde Kellnerin. Glaubst du, ich würde mich wieder da hinauswagen. Hinaus auf das offene Meer …?

HASSE Aber warum machen wir uns dann nicht davon? *Zum Publikum* Aber ich wusste es: Papa konnte man nicht mehr verpflanzen. Dann wäre er vielleicht völlig durchgedreht. So, dass man ihn in ein Krankenhaus hätte einsperren müssen …

Szene 12

Schwalbe und Hasse lungern in der Nähe der Eisenbahnbrücke herum. Wie immer ist es sehr kalt. Sie hören jemanden kommen. Es ist Aurelia, die vorbeigeht. Sie ist Schicht um Schicht eingemummt in Röcke und Mützen und Schals und Ohrenwärmer. Auf dem Rücken trägt sie einen Rucksack. Sie bleibt bei der Brücke stehen und nimmt einen Thermoskrug heraus. Sie späht andauernd hinauf zu den Sternen. Schwalbe und Hasse flüstern einander zu.

SCHWALBE Was ist das für eine Mumie? Die sieht ja schlimmer aus als die Pferdehändlerin, die dir das Leben retten wollte.

HASSE Sie ist Mitglied irgendeiner religiösen Vereinigung und verkauft deren Zeitung.

SCHWALBE Gibt es in diesem Bauernloch eigentlich keine normalen Menschen? Nur Geistesgestörte?

HASSE Ich dachte an Vater, und daran, was Schwalbe gesagt hätte über ihn. Wenn er es gewusst hätte? Hätte sich Schwalbe an meinem Vater auch rächen wollen? Plötzlich reichte es mir, und ich wäre am liebsten abgehauen. In diesem Augenblick machte Aurelia etwas Eigenartiges.

SCHWALBE Was macht sie?

AURELIA *streckt eine Kaffeetasse zu den Sternen hinauf* Komm. Du kriegst eine Tasse Kaffee. Er ist ganz frisch gekocht. Zucker habe ich auch dabei. Aber keine Sahne. Ich finde, in einen Kaffee gehört keine Sahne. Der zerstört den Geschmack. Was findest du? Komm herunter. Ich lade dich zu einer Tasse Kaffee ein. *Aurelia lässt die Tasse sinken und seufzt.* Nein. Er kommt auch heute Abend nicht … vielleicht mag er keinen Kaffee …

SCHWALBE Mit wem spricht sie? Sitzt da oben jemand auf dem Brückenbogen?

HASSE Ich sehe niemanden. Komm, wir machen eine Schwalbe.

SCHWALBE Nein. Warte ein wenig … Das hier kann spannend werden. *Aurelia rollt eine riesige Stickerei aus, die sie selber gemacht hat. Darauf steht geschrieben: LIEBER GOTT, KANNST DU NICHT NACH HAUSE KOMMEN UND EINE TASSE KAFFEE MIT MIR TRINKEN. GRÜSSE, TANTE AURELIA.*

AURELIA Jetzt können wir nur hoffen, dass es groß genug ist. Du verstehst, ich dachte, du seist so weit weg, dass es so groß sein muss. So kannst du es sehen. Vielleicht hast du ebenso schlechte Augen wie ich. Ich sehe auch nicht mehr gut, musst du wissen. Und andauernd muss ich nach meiner Brille suchen … Bist du auch so zerstreut? Ich wäre so froh, wenn du herunterkommen würdest und mit mir einen Kaffee trinken würdest. Nur ein einziges Mal … und du brauchst auch nicht lange zu bleiben … Ich weiß, dass du viel zu erledigen hast … *Traurig* Nein, er kommt nicht … Heute Abend nicht …

SCHWALBE Sie spricht mit Gott. Verstehst du? Die hat sie nicht mehr alle.

HASSE Aurelia ist, wie sie ist. Das wissen alle …

SCHWALBE Die kriegen wir …

AURELIA *erschrickt, als hätte sie gehört, was Schwalbe gesagt hat* Ist jemand hier? Hallo? IST JEMAND HIER? Nein, da ist wohl keiner … *Sie streckt die Kaffeetasse noch einmal den Sternen entgegen.* Es gibt noch einen Rest Kaffee hier … Wenn du es bereust … Nein, er kommt nicht. *Sie räumt ihre Sachen zusammen und verschwindet traurig.*

SCHWALBE Die wird unsere Rache treffen!

HASSE Da musst du sie aber alleine treffen.

SCHWALBE Warum?

HASSE Ich verstehe nicht, warum wir ihr etwas antun sollten?

SCHWALBE Hast du nie vor, groß zu werden?

HASSE Was hat das mit der Sache zu tun?

SCHWALBE Man muss üben, um erwachsen zu werden … sonst bleibt man ein Kind, noch wenn man eine Glatze kriegt …

HASSE Ich verstehe nicht, was du meinst?

SCHWALBE Hast du die Erwachsenen nie beobachtet? Wie die sich aneinander rächen? Hast du das nie bemerkt?

HASSE *zum Publikum* Daran erinnere ich mich noch wie heute, wie er das sagte. Ich dachte, irgendetwas an Schwalbe ist merkwürdig. Wie er denkt. Und was er tut. Ich sagte ihm, ich hätte es satt. *Zu Schwalbe* Ich mache nicht mehr mit.

SCHWALBE Dann mach ich es selber.

HASSE Das glaube ich dir gerne.

SCHWALBE Ich werde sie Gott treffen lassen. Das werde ich tun. Warte nur, du wirst staunen.

Szene 13

Hasse allein auf der Bühne.

HASSE *zum Publikum* Ich hatte mich entschieden. Ich machte nicht mehr mit. Trotzdem rannte ich am Abend wieder hinunter zur Brücke. Da war Schwalbe nicht da. Aber am nächsten Abend. Da geschah es.
Hasse versteckt sich in den Schatten. Schwalbe kommt auf die Bühne. Er sieht sich um, lauscht. Von Ferne hört man die Kirchenglocken. Dann taucht auch Aurelia mit schwingenden Schritten auf, in all ihre Überzieher und Riesenschlangen eingewickelt. Sie bleibt stehen, guckt hinauf in die Sterne und schenkt aus dem Thermoskrug Kaffee ein. Schwalbe klettert aus der Dunkelheit hinauf.

SCHWALBE *wohlerzogen* Tante.

AURELIA Oh, Himmel. Wie du mich erschreckt hast.

SCHWALBE Das war nicht meine Absicht.

AURELIA Das nehme ich auch nicht an. Wie willst du mich erschrecken, wo du selber so erschrocken aussiehst.

SCHWALBE Ich wollte fragen, wie die Tante heißt.

AURELIA Das wolltest du? Und wer will den Namen von Tante Aurelia wissen?

SCHWALBE Das hat er nicht gesagt,

AURELIA Das hat er nicht gesagt? Das muss ein eigenartiger Herr sein.

SCHWALBE Vielleicht ist er schwerhörig?

AURELIA *Die Ahnung eines Wunders keimt in ihr.* Er hörte schlecht …

SCHWALBE Und er sah auch schlecht …

AURELIA Er hat nicht erwähnt, wie er heißt?

SCHWALBE Nein.

AURELIA Aber wie hat er ausgesehen? Was wollte er? Wie war er gekleidet?

SCHWALBE Er war sehr bleich … als ob …

AURELIA Als ob?

SCHWALBE Als ob er sehr, sehr alt sei …

AURELIA Oh, Herr im Himmel …

SCHWALBE Das hat er gesagt.

AURELIA Das hat er gesagt?

SCHWALBE Herr im Himmel. Und ich sollte grüßen lassen. Und er trinke gerne eine Tasse Kaffee mit der Tante. Aber er wolle nicht zu der Tante nach Hause.

AURELIA Du lügst mich doch an, Junge, nicht wahr?

SCHWALBE Sehe ich aus wie ein Lügner?

AURELIA Nein … das wohl nicht … aber wo sollen wir uns dann treffen?

SCHWALBE Hier.

AURELIA Hier?

SCHWALBE Hier auf der Brücke. Nachts.

AURELIA Aber hier ist ja niemand.

SCHWALBE Und er kommt auch nicht auf die Straße hinunter, Tante.

AURELIA Wo kommt er her?

SCHWALBE Von oben.

AURELIA Von oben? Von den Sternen … du lügst mich doch nicht an?

SCHWALBE Ich sage nur, was er sagt. Dass die Tante auf den Brückenbogen klettern soll, bis ganz oben hinauf. Dort solle sie mit dem Kaffee warten. Bis er komme …

AURELIA Aber das kann ich nicht! Wie sollte ich da hinaufklettern können?

SCHWALBE Sie müssen sich nur auf die Brückenträger legen und langsam hochrobben.

AURELIA Das ist so einfach, meinst du … sich einfach nur hochhangeln?

Aurelia geht zum Brückenbogen.

Unsichtbare Posaunen geben uns dazu die himmlische Musik (Purcell »King Arthur«, Einleitung 2. Akt). Wie ein ängstlicher Frosch beginnt sie auf den Brückenbogen zu robben und verschwindet zu den Sternen hinauf. Hasse tritt aus den Schatten.

SCHWALBE Ich wusste, dass du dich hier irgendwo versteckst. Hast du gesehen! Sie krabbelt wie ein Frosch. Sie schafft es ganz hinauf. Und sie glaubt, dass Gott dort oben auf sie wartet. *Schwalbe lacht sich krumm. Er lacht sein abgehacktes, nervöses Lachen.*

HASSE Was machst du, wenn sie herunterfällt? Sie bricht sich das Genick! An der Brückenkonstruktion. Oder unten auf dem Eis. Das sind ja sicher zwanzig Meter! Du spinnst!

SCHWALBE Es hat sie niemand gezwungen!

HASSE Sie hat ja geglaubt, was du gesagt hast?!

SCHWALBE Wenn sie so blöd ist, ist sie selber schuld.
HASSE Du spinnst …
In diesem Augenblick hört man eine Stimme aus dem Universum.
AURELIA Hilfe. Hilfe! Ich traue mich nicht mehr, hinunterzuklettern.
HASSE Wir müssen ihr helfen.
SCHWALBE Die kriecht schon wieder runter, wenn sie kalte Hände kriegt …
HASSE Wir müssen Hilfe holen!
SCHWALBE *packt Hasse schnell, fest* Ich habe keine Lust, jemandem zu erklären, wie sie da hinaufgekommen ist!
AURELIA *aus dem All* Hilfe … ich friere so wahnsinnig … kann mir nicht jemand helfen …
SCHWALBE Die kommt schon selber wieder runter, das weiß ich. Wir verpissen uns jetzt …
HASSE Wir können sie nicht da oben liegen lassen!
SCHWALBE Die kommt schon selber runter! Komm jetzt …
Er macht sich davon und versucht, Hasse mit sich zu ziehen. Aurelias klagende Stimme ist weiter aus dem All zu hören. Hasse zögert. Aber schließlich hält er sich die Ohren zu und geht mit weg. Aurelias Stimme wird schwächer und schwächer und immer hilfloser. Dann ist es im Universum still.

Szene 14

In einem entschiedenen Offenbarungslicht taucht Aurelia auf. Sie sitzt zu Tode erfroren ganz oben auf dem Brückenbogen. Sie ist weiß vereist. In der einen Hand hält sie eine Tasse mit Kaffee. Hasse betritt die Bühne. Jetzt ist er wieder erwachsen und steht beim Bus und erinnert sich …

HASSE *zum Publikum* Man fand sie am Tag danach.
Sie saß ganz oben auf der Brücke,
erfroren, tot.
Mutter hat es mir damals erzählt.
Sie wollte nicht, dass Vater etwas davon erfährt.
Vielleicht hatte sie Angst,
dass er das Gleiche tun würde?

Ich hatte schreckliche Angst.
Und ich hasste Schwalbe.
Er fehlte die ganze Woche in der Schule.
Man sagte, er sei wieder krank geworden.
Bevor ich am Abend einschlief,
dachte ich jeweils: Warum tut man,
was man nicht will?
Aber ich ahnte nicht,
dass dies erst der Anfang war.
Ich ahnte nicht,
dass Mutter und ich uns ganz entzweien würden –
für sechsundzwanzig Jahre.
Es begann ungefähr nach einer Woche.
Am Abend,
als es mich erneut zur Brücke hinunterzog.
So kalt, wie es an jenem Abend war,
war es den ganzen Winter nicht gewesen …

Szene 15

Hasse betritt die Bühne. Er ist wieder dreizehn Jahre alt. Die Brücke schlägt über ihm ihren Bogen. Das Licht der Straßenlampen liegt bleich auf ihr. Plötzlich wirbelt eine Lassoschlaufe aus dem Dunkeln um Hasse und nimmt ihn gefangen. Am anderen Ende zieht die Pferdehändlerin, die die Tricks ihres verstorbenen Mannes noch nicht vergessen hat …

PFERDEHÄNDLERIN Was habe ich mir denn hier gefangen? Ah, ein Wildpferd … das so spät am Abend noch frei herumläuft … *Langsam zieht sie Hasse näher zu sich heran.* Am besten schaue ich mir das aus der Nähe an. Täusche ich mich, oder habe ich dich schon einmal gesehen … nicht wahr?

HASSE Nee …

PFERDEHÄNDLERIN Das tote Wildpferd, das da kürzlich bei der Brücke lag … das war vielleicht gar nicht wirklich tot? Es hatte äußerst seltsame Fressgewohnheiten. Weißt du, was das Pferd gegessen hat? Weißt du das?

HASSE Nee …

PFERDEHÄNDLERIN ES HAT MEINEN HUT GEFRESSEN!!! MEINEN SCHWARZEN HUT! Ich musste mir einen neuen kaufen. Diesen hier. Einen roten, einen roten Hut! Mit einer Schlaufe, damit es ihn mir nicht wegbläst, wenn ich niese, und die Wildpferde ihn dann fressen können.

HASSE Ich muss jetzt gehen.

PFERDEHÄNDLERIN Du gehst nirgendwohin, bevor wir uns nicht unterhalten haben …

HASSE *zum Publikum* Kann Blut zu Eis erstarren? Meines: ja! So fühlte es sich an, als ich verstand, was sie mir sagte …

PFERDEHÄNDLERIN Du warst das! Du hast die arme selige Aurelia auf die Brücke hinaufgelockt.

HASSE *zum Publikum* Hatte sie mich gesehen? Hat mich Schwalbe bei ihr angeschwärzt? Ich glaubte, ich müsse auf der Stelle sterben … *Zur Pferdehändlerin* Ich habe nichts getan.

PFERDEHÄNDLERIN Ich hörte jemanden um Hilfe rufen. Ich habe dich wegrennen sehen, die Hände gegen die Ohren gepresst. Ich habe gelauscht. Aber ich hörte keine Rufe mehr. Erst am nächsten Morgen wurde mir klar, was geschehen sein musste.

HASSE Ich war es nicht! Ich habe nichts getan …

PFERDEHÄNDLERIN Ich weiß nicht, wie du es angestellt hast, sie da hinaufzuschwindeln. Vielleicht hast du sie gar nicht angelogen! Aber du hast ihr nicht heruntergeholfen! Du hast keine Hilfe gerufen. DU HAST SIE DA OBEN SITZEN UND ERFRIEREN LASSEN!

HASSE *zum Publikum* Ich weiß nicht, was mir damals durch den Kopf ging. Polizei, Gefängnis, Handschellen, Blitzlichter, DER GEWISSENLOSE MÖRDER HASSE KARLSSON ENTHÜLLT DIE SCHRECKLICHE WAHRHEIT ÜBER DIE ARME AURELIA, DIE AUF DER EISENBAHNBRÜCKE ERFRIEREN MUSSTE … Und Mutter? Was würde sie sagen? Und Vater? Er würde endgültig verrückt werden und in eine Anstalt gesperrt werden …

PFERDEHÄNDLERIN Wir werden jetzt ein Wörtchen reden, du und ich. Ich weiß nicht, was geschehen ist. Und ich weiß nicht, warum. Aber ich habe dich gesehen. Du warst das, der hier lag und sich tot stellte. Jetzt gehen wir zur Polizei, du und ich …

HASSE Ich war es nicht!

PFERDEHÄNDLERIN *plötzlich eiskalt und gierig* Hast du Geld dabei?

HASSE Geld?

PFERDEHÄNDLERIN Geld! Geld! Du weißt doch, was Geld ist!

HASSE Geld? *Zum Publikum* Sie sagte:

PFERDEHÄNDLERIN Wir beiden vergessen das hier, und du gibst mir etwas Geld. Dreihundert müssten es schon sein.

HASSE *zum Publikum* Wo sollte ich dreihundert herhaben? Das war damals ein Vermögen …

PFERDEHÄNDLERIN *löst die Lassoschlinge* Dreihundert. In einer Woche. Sonst gehe ich zur Polizei … *Sie verschwindet.*

Hasse sieht in seiner Einbildung auf einmal Schwalbe, Mutter, Janine und Aurelia um ihn aufgestellt. »Celestine« steht wie ein im Eis festgefrorenes Schiff da. Hasse öffnet unendlich langsam die Ladeluke und entnimmt ihr einige klein zusammengerollte Fünfziger. Er bleibt stehen, umklammert die Scheine mit seiner Faust, und damit verschwindet die Luftspiegelung.

Szene 16

Hasses Mutter kommt auf die Bühne. Sie trägt ihre schwarzweißen Arbeitskleider. In eine Tüte hat sie Kleingeld mitgebracht.

HASSES MUTTER Hassemann! Wo bist du?

Hasse kommt auf die Bühne. Er ist total verängstigt, äußerst zaghaft.

HASSE Ich bin hier.

HASSES MUTTER Was macht Vater?

HASSE Er sucht im Keller nach Äpfeln.

HASSES MUTTER *reicht ihm die Tüte* Hier! Trinkgeld.

Hasse erschrickt derart, dass er die Tüte fallen lässt. Die Münzen rollen über den Boden.

Was machst du? Hast du dir die Finger verbrannt? Hast du Angst vor Geld? Lies sie auf und zähle, wie viele es sind. Wenn du fünfzig zusammen hast, rufst du mich. Ich muss erst mal nachsehen, was Vater da unten treibt … *Sie geht ab.*

HASSE *zum Publikum* Wann würde sie es entdecken? Ich versuchte mir etwas einfallen zu lassen, um mich irgendwie zu retten. Eine Erklärung … Ich hatte täglich größere Schmerzen im Bauch …

HASSES MUTTER *kommt zurück* Hast du das Geld immer noch nicht aufgelesen? Jetzt beeil dich …

Sie schaut Hasse zu, wie er sich beeilt, das Geld einzusammeln.

Wie viel ist es?

HASSE *versteckt einen Teil des Geldes in seiner Hand* Neunundvierzig Kronen und siebzig Öre.

HASSES MUTTER Es müssten aber mehr als fünfzig sein?

HASSE Ich habe mich nicht verzählt … *Er gibt der Mutter das Geld.*

HASSES MUTTER Bald wird es reichen, um ans Meer zu fahren, nach Rotterdam.

HASSE *mit übertriebenem Enthusiasmus* Ich träume nachts bereits davon, Mutter. Ich hoffe, wir haben das Geld bald zusammen, um zu fahren.

Hasses Mutter verschwindet.

Zum Publikum Eigentlich blieb mir nur die Flucht. Oder ein Einbruch beim Radiohändler. Jede Möglichkeit, zu Geld zu kommen, wäre mir recht gewesen. Ich hätte ebenso gut alles gestehen können. Aber ich fand nicht den Mut. Ich hatte ja nicht nur das Geld gestohlen. Ich hatte meiner Mutter auch ihren Traum entwendet …

Hasses Mutter tritt auf. Sie trägt das Modell von »Celestine« herein. Sie ist wütend, aber sie hat Hasse nicht im Verdacht.

HASSES MUTTER Hassemann. Der Laderaum ist leer …

HASSE *nahe der Ohnmacht* Was?

HASSES MUTTER Der Laderaum ist leer …

HASSE Dann muss hier jemand eingebrochen sein, Mutter.

HASSES MUTTER Aber Vater ist doch die ganze Zeit zu Hause? Wer sollte ausgerechnet in der »Celestine« nach Geld suchen.

HASSE Schwalbes Vater hat behauptet, es gäbe Diebe, die Geld geradezu riechen können. Sie werden mit ganz speziellen Nasen geboren. Es gibt keine Erklärung dafür, aber es ist so. Schwalbes Vater kennt sich mit solchen Dingen aus. Er hat einen Bruder in Kanada, der weiß über diese Nasen Bescheid …

HASSES MUTTER Was quatschst du da?

HASSE Jetzt weiß ich! Es waren die Ratten, Mutter. Mäuse und Ratten. Schwalbes Vater hat gesagt, dass Mäuse nichts lieber essen als Geld. Lieber als Papier …

HASSES MUTTER Die Ladeluke war geschlossen, Hassemann. Eine Ratte kann keine Ladeluke öffnen.

HASSE Papa spielt doch immer mit dem Schiff.

HASSES MUTTER Beschuldigst du deinen Vater des Diebstahls?

HASSE Na ja, er ist ja etwas komisch, Papa.

HASSES MUTTER *stellt »Celestine« ab* Komm hierher, Hasse.

Hasse geht zu ihr hin. Sie gibt ihm eine schallende Ohrfeige.

Sag nie ein böses Wort über deinen Vater. Es ist nicht seine Schuld, dass er es schwer hat. Und er stiehlt kein Geld … *Sie nimmt die »Celestine« wieder hoch. In diesem Augenblick schießt ihr der Gedanke durch den Kopf, dass Hasse das Geld genommen haben könnte. Aber sie will es nicht glauben.* Hasse … Schau mich an …

HASSE Nee … Ich war es nicht, Mutter … Ich bin nicht so einer, Mutter. Ich habe noch nie etwas gestohlen. Ich will doch auch nach Rotterdam fahren, Mutter. Das weißt du. So einer bin ich nicht … So etwas mache ich nicht … *Er zieht sich zurück.*

Hasses Mutter bleibt mit der »Celestine« auf dem Arm allein zurück. Die Tränen rinnen ihr über das Gesicht.

Szene 17

Der Winter ist vorbei. Der Schnee ist geschmolzen. Die Nächte sind hell und die Mücken sirren. Schwalbe steht auf dem Klippenthron am Fluss und späht durch seinen Feldstecher. Er ist gepflegt gekleidet, weißes Hemd, Fliege, Golfhose. Auf dem Kopf trägt er einen eigenartigen Helm. Erst nach einer Weile vermögen wir die Überreste des schwarzen Hutes der Pferdehändlerin darin auszumachen. Hasse tritt auf die Bühne. Auch er ist gut gekleidet, aber nicht so edel wie Schwalbe. Hasse trägt eine alte Mütze auf dem Kopf … Schwalbe wendet den Feldstecher um und richtet ihn auf Hasse.

SCHWALBE Jetzt siehst du aus wie ein Zwerg. Ein Zwerg, der tausend Meilen weit entfernt ist …

HASSE *zum Publikum* Plötzlich war es Sommer. Die Schule war zu Ende. Obwohl wir uns immer auf dem Pausenhof sahen, Schwalbe und ich, haben wir kaum ein Wort miteinander gewechselt. Zwei Monate hatte unsere Freundschaft gedauert, ehe sie zu Ende ging.

Ich konnte Schwalbe ansehen, dass er Angst hatte. Angst, ich könnte verraten, was zu Aurelias Kältetod geführt hatte. Und er sah es mir an, dass ich Angst hatte. Aber er wusste nicht, warum. Ich hatte Angst, die Pferdehändlerin würde noch mehr Geld verlangen oder zur Polizei gehen und alles aufdecken. So schlichen wir aneinander vorbei und glotzten in unsere Ängste … Nach dem Schulabschlussfest ging ich zum Fluss hinunter, und da saß er mit seinem Feldstecher.

SCHWALBE Jetzt siehst du aus wie ein Gartenzwerg. Ein Zwerg, der tausend Meilen entfernt steht.

HASSE Was machst du in den Sommerferien?

SCHWALBE Wir haben ein Ferienhaus. Weit draußen auf einer Insel. Dort werde ich bald hinfahren. Und du?

HASSE Nirgendwohin … Ich werde wohl hier bleiben.

SCHWALBE Ich komme vielleicht nach den Sommerferien nicht mehr zurück. Ich fange vielleicht an einer anderen Schule an. Weit weg von diesem Bauernkaff …

HASSE *zum Publikum* Und so kam es auch. Schwalbe kehrte im Herbst nicht mehr zurück. Ich habe ihn nie wieder gesehen. Was aus ihm wurde, im erwachsenen Leben, das weiß ich nicht. Aber wie er als Kind war, daran erinnere ich mich genau. Einer, der den Feldstecher umdreht und sagt:

SCHWALBE Du siehst aus wie ein Gartenzwerg. Ein Zwerg, der tausend Meilen entfernt steht … *Er verschwindet. Wir sehen ihn nie mehr wieder.*

HASSE Ich ging und ließ den Sommer über mich ergehen. An einem Tag im August fiel mir ein, ich könnte nach den Johannisbeerbüschen sehen. Ob sie durch den Lack beschädigt worden waren. *Janine tritt auf. Eine Melodie auf den Lippen, eine unbändig maßlose Version von »Sweet Georgia Brown«.*
Die Büsche haben es ja überlebt.

JANINE Welche magst du lieber. Die schwarzen oder die roten?

HASSE Die schwarzen, glaube ich.

JANINE Ich auch …

HASSE *zum Publikum* Wir haben uns ein wenig angefreundet, sie und ich. Ich habe ihr manchmal zugehört, wie sie spielte … aber das ist eine andere Geschichte. *Er wird schrecklich betrübt.* Mutter erwähnte Rotterdam mit keinem Wort. Nie wieder … Sie legte auch keine

Fünfziger mehr auf die Seite ... Sie beschuldigte mich nie, das Geld gestohlen zu haben. Ich dachte mir: Es wird schon vorbeigehen. Alle Kinder stibitzen wohl? Aber der Schmerz saß tiefer ... Ich hatte sie noch mit etwas anderem enttäuscht ... Aber womit?

Szene 18

Winter. Sechsundzwanzig Jahre später. Hasse ist erwachsen. Er steht bei dem Pannen-Bus draußen im Wald. Das Nordlicht leuchtet.

HASSE *zum Publikum* Endlich kam ein Ersatz-Bus.
Und wir konnten die Reise fortsetzen. Aber als ich schließlich zu Hause ankam –
war es zu spät.
Mutter war bereits tot.
Sie war ein paar Stunden vor meiner Ankunft gestorben.
Vater saß in der Küche und weinte.
Was da vor sechsundzwanzig Jahren geschehen war,
konnte ich mit meiner Mutter nicht mehr ins
Reine bringen.
Dazu war es zu spät.
Das mit dem Geld hat sie mir wohl verziehen.
Aber das andere ...
ihre Enttäuschung
sechsundzwanzig Jahre lang?
Ob ich Schwalbe zu ähnlich geworden war?
Oder was war es?
Tja.
Das habe ich nie erfahren.
Nie ...
Am Abend nach Mutters Begräbnis
Ging ich hinaus
zur Brücke.
Sie sah immer noch gleich aus.
Nur fahren jetzt da keine Züge mehr.
Es war kalt,
ebenso kalt wie vor sechsundzwanzig Jahren ...

Hasse steht bei der Eisenbahnbrücke als Erwachsener. Hasses Mutter kommt herein. Sie sieht aus wie sonst, nur etwas älter scheint sie, und hat schwer geschwollene Füße.
Mutter … So war es. Ich werde dir jetzt erzählen, wie es war … Wenn du mir verrätst, warum ich dich so enttäuscht habe. Kannst du mir nicht den Gefallen tun, Mutter? Mutter … Mutter …
Hasses Mutter schaut ihn an. Aber sie antwortet nicht. Dann ist sie verschwunden.
Hasse bleibt allein in der Kälte stehen. Aber jetzt hat er nichts mehr zu sagen. Er muss mit dem Schweigen seiner Mutter leben. Janine kommt mit ihrer Posaune und spielt etwas sehr Schönes. Und damit endet alles.

ENDE

Zeit im Dunkeln

Bearbeitung von Erik Uddenberg

Personen

VATER
TOCHTER

Das Bühnenbild besteht aus Versatzstücken: eines schwedischen Vorortes, einer Wüstenlandschaft, der kohlschwarzen Ladefläche eines Lastwagens, Wartesälen und Auffanglagern. Fortwährend ineinander gleitend erinnern die Bruchstücke des Bühnenbildes an vergangene Entbehrungen, aber auch an Gegenwärtiges.

Der Vater ist allein. Er sitzt zusammengekauert auf dem Boden. Es sieht aus, als würde er versuchen, sich zu verstecken, oder als quälte ihn ein Schmerz. Er hört, wie jemand die Wohnungstür öffnet, setzt sich schnell auf einen Stuhl und greift nach einer bereitliegenden Zeitung. Sie ist in arabischer Schrift; vielleicht aus dem Mittleren Osten – kann aber ebenso aus Afrika sein.
Die Tochter kommt herein, sie trägt warme Kleider und legt sie ab. Ein gesticktes Mützchen, das sie tief ins Gesicht gezogen hat, lässt sie auf.

TOCHTER Hallo.
VATER Hallo.
TOCHTER Geht es dir gut?
VATER Mir geht es immer gut.
TOCHTER Was hast du gemacht?
VATER Zeitung gelesen.
TOCHTER Stand etwas drin?
VATER Nein.
TOCHTER Etwas muss doch da stehen?
VATER Ein Minister ist von der Straße abgekommen und hat sich am Ohr verletzt.
TOCHTER Wo?
VATER Am Ohr. Habe ich doch gesagt. Warum hörst du nicht zu?
TOCHTER Ich meine WO.
VATER Könnte auf der Straße passiert sein, wo wir langgingen. In der ersten Nacht. Diese schwarze, frisch asphaltierte Straße.
TOCHTER Er ist nur am Ohr verletzt?
VATER Der Premierminister ließ mitteilen, er sei froh, dass es glimpflich ablief.
TOCHTER Stand sonst nichts?
VATER An der Küste sind drei Leichen an Land geschwemmt worden.
Die Tochter erstarrt.
Keine Frau.
TOCHTER Stand das so?
VATER Du hast doch eine neue Zeitung gekauft? Da steht vielleicht mehr drin.

TOCHTER Sie ist nicht gekommen.

VATER Warum nicht?

TOCHTER Verspätung. *Stille.* Das kann nicht Mama gewesen sein. Der Wind blies aus der anderen Richtung.

VATER Es kann nicht Mama gewesen sein, weil da nichts von einer weiblichen angeschwemmten Leiche stand.

TOCHTER Was hast du noch gemacht?

VATER Die Schuhe gebürstet.

TOCHTER Und dann?

VATER Bin ich zu dem widerlichen Platz bei der Baugrube hinüber. Und dann durch den Wald hinauf zum Einkaufszentrum. Das dauerte zweiunddreißig Minuten.

TOCHTER Dort wurden deine Schuhe schmutzig?

VATER Es legt sich immer eine Staubschicht auf die Schuhe, wenn man in diesem Land spazieren geht. Sie waren nicht schmutzig, nur verstaubt. Warum kommst du so spät?

TOCHTER So was dauert.

VATER Drei Stunden und neunundvierzig Minuten.

TOCHTER Der Bus hatte Verspätung.

VATER Damit hatten wir gerechnet. Mit zehn Minuten Verspätung.

TOCHTER Es hat beinahe fünfundzwanzig Minuten gedauert, bis er endlich kam.

Pause.

VATER Ich kann die hier noch einmal lesen. Das macht nichts …

TOCHTER Du bist gar nie draußen gewesen? Stimmt's?

VATER Es riecht eigenartig aus der Nachbarswohnung. Ist dir das nicht aufgefallen? Es riecht nach Krankenhaus. Warum warst du so lange weg?

TOCHTER Der Bus hatte Verspätung.

VATER Das stimmt sowieso nicht. Hast du jemanden gesehen?

TOCHTER Nein.

VATER Auch nicht im Treppenhaus?

TOCHTER Nein.

VATER Wie oft hast du dich umgeschaut auf dem Weg zum Bus?

TOCHTER Vier Mal. Wie wir es verabredet haben. Ich tue immer, was du sagst.

VATER Und war da keiner?

TOCHTER Ein Mann mit einem Hund.

VATER Von wo kam er?
TOCHTER Vom Hochhaus.
VATER Und was machte er?
TOCHTER Es war ein Welpe. Er gehorchte nicht. Der Mann zerrte an der Leine. Der Hund sperrte sich dagegen.
VATER Vielleicht gehörte er nicht ihm.
TOCHTER Warum nicht?
VATER Die tarnen sich. Die tauschen ihr Aussehen. Was machte er danach?
TOCHTER Ging in die andere Richtung weiter.
VATER Hat er dich beobachtet?
TOCHTER Ich weiß nicht.
VATER Aber du hast niemanden unten am Treppenhaus gesehen?
TOCHTER Nein.
VATER Du musst vorsichtig sein.
TOCHTER Ja.
VATER Wir haben zwanzig Minuten länger gerechnet, damit es dir reicht. Du hast gesagt, mehr brauchst du nicht.
TOCHTER Ich habe mich geirrt. Ich bitte um Verzeihung.
VATER Wir müssen einander vertrauen können.
TOCHTER Ich tue immer, was du sagst.
VATER Wir müssen uns darauf verlassen können, dass wir uns die Wahrheit sagen.
TOCHTER Aber du warst nicht draußen?
VATER Ich sage immer, wie es ist. Warum setzt du die Mütze nicht ab? Ich will, dass du dir einen Schal um den Kopf bindest. Keine Mütze.
TOCHTER Du musst hinaus. Du musst.
VATER Ich will nicht, dass du mir widersprichst.
TOCHTER Ich widerspreche dir nicht.
VATER Außerdem fängst du an, mit lauter Stimme zu reden. Wieso tust du das?
TOCHTER Ich rede so laut wie immer. Die Menschen in diesem Land reden lauter.
VATER Dann lass sie so reden. Aber ich will nicht, dass du laut wirst.
TOCHTER Nein …
VATER Hast du diesen Mann mit Hund früher schon einmal gesehen?
TOCHTER Nein.
VATER Du musst vorsichtig sein.

TOCHTER Ich glaube nicht, dass uns jemand überwacht.

VATER Aber wissen kannst du es nicht. Oder doch?

TOCHTER Wenn du nicht bald hinausgehst, wirst du hier durchdrehen.

VATER Ich gehe hinaus. Täglich.

TOCHTER Ich habe manchmal das Gefühl, wir werden immer so weiterleben.

VATER Wir werden weiterreisen. Nach Kanada.

TOCHTER Kanada? Gestern sagtest du Australien.

VATER Du vertraust mir also nicht? Was, glaubst du, wäre mit mir geschehen, wenn du dem Mann mit Hund gefolgt wärst?

TOCHTER Warum sollte ich das tun?

VATER Antworte mir nicht mit einer Frage!

TOCHTER Ich vertraue dir.

VATER Gibt es bald Essen?

TOCHTER Ich fange jetzt an zu kochen.

VATER Was werden wir essen?

TOCHTER Was wir gestern beschlossen haben.

VATER Man kann so tun, als habe man vergessen. Deine Mutter und ich haben das getan, als wir jung waren. Wir vergaßen unsere Namen und gaben uns neue. Deine Mutter wollte lieber Inona heißen. Deshalb haben wir dich Inona getauft.

TOCHTER Deshalb?

VATER Ich vermute, es gibt heute Reis, Gemüse und vielleicht einen Happen Fisch.

TOCHTER Der Fischhändler hat gesagt, er sei gut. Und typisch für das Land. *Schnell* Ich will nicht nach Kanada fahren. Ich will nach Hause fahren. Ich will nicht mehr unterwegs sein.

VATER Ich tue, was ich kann.

TOCHTER Du gehst nicht einmal hinaus. Du musst hinaus. Hier gehst du ein.

VATER Ich bin schon tot.

TOCHTER Mama ist tot. Nicht du.

VATER Verzeih. *Gibt ihr eine Ohrfeige, nachdem er sie um Verzeihung gebeten hat.*

TOCHTER Warum schlägst du mich?

VATER Ich will nicht, dass du mir widersprichst.

TOCHTER Ich widerspreche dir nicht.

VATER Und was machst du jetzt? Du widersprichst!

TOCHTER Wir fahren, wohin du willst. Ich fange jetzt an zu kochen.

VATER Ich bin tatsächlich hungrig heute. Ich habe in meinem Notizbuch nachgeschaut. Vor drei Wochen hatte ich zum letzten Mal richtig Hunger.

TOCHTER Der Fisch ist vielleicht nicht gut.

VATER Deine Mutter mochte Fisch sehr.

TOCHTER Vielleicht sollten wir nur Reis und Gemüse essen?

VATER Das Geld ist fast alle. Wir müssen essen, was wir gekauft haben.

TOCHTER Das Geld ist alle? Wie kann das Geld alle sein?

VATER Es ist so, wie ich sage.

TOCHTER Ich dachte, wir hätten viel Geld?

VATER Wir hatten nie viel Geld. Nachdem die Schmuggler bezahlt waren, blieb uns nicht mehr viel. Wir teilten es auf. Das meiste nahm ich an mich. Den Rest band sich deine Mutter in einer Plastiktüte auf den Körper. Die ist mit ihr im Meer verschwunden.

TOCHTER Wie sollen wir ohne Geld durchkommen?

VATER Das ist mein Problem. Nicht deines. Jetzt reden wir nicht mehr davon. Wie sieht der Fisch aus?

Die Tochter nimmt eine Packung aus einer der Tüten und öffnet sie.

Warum sind es Filets?

TOCHTER Der Fischhändler hat sie geschnitten.

VATER Man soll Fische selber ausnehmen. Du bist übers Ohr gehauen worden. Brat ihn bei kleiner Hitze und lange. Und wende ihn oft. Nur salzen. Nicht pfeffern.

TOCHTER Wir haben keinen Pfeffer.

VATER Warum haben wir keinen Pfeffer? Er stand auf der Liste. Ich bin sicher, dass ich Pfeffer aufgeschrieben habe. Gleich nach dem Reis. So was vergesse ich nicht. Hast du den Zettel noch?

TOCHTER Ja.

VATER Gib ihn mir.

Die Tochter klaubt einen zerknüllten Zettel aus einer der Tüten.

Gib ihn mir!

TOCHTER Hier.

VATER Nicht zerknüllt.

Die Tochter streicht das Papier glatt.

Er war glatt, als ich ihn dir gab. Und so will ich ihn auch wiederhaben. Wenn ich ins Paradies komme und deine Mutter wiedersehe, wird sie genau so aussehen wie immer. Ich will keine zerknüllten Zettel von meiner Tochter. *Er liest den Zettel.* Da steht nichts von Pfeffer. Ich bin sicher, dass ich es aufgeschrieben habe. Aber hier steht nichts. Das muss der falsche Einkaufszettel sein.

TOCHTER Ich bringe nächstes Mal Pfeffer mit, wenn ich einkaufe.

VATER Ich rede vom Einkaufszettel. Das ist nicht der, den ich dir gegeben habe.

TOCHTER Ich weiß nicht, was passiert ist …

VATER Ich weiß sehr genau, was ich aufschreibe, verdammt noch mal. »Pfeffer«! Stand unter Reis. Warum packst du die Tüten nicht aus?

Die Tochter packt Toilettenpapier aus.

Drei Stunden und neunundvierzig Minuten. Das wird nie wieder vorkommen.

TOCHTER Ich hatte Angst vor dem Mann mit dem Hund. Ich machte einen Umweg. Deshalb kam ich zu spät zum Bus. Ich traute mich nicht zu sagen, wie es war. Jetzt habe ich es gesagt.

VATER Liebes Kind, ich verstehe doch, dass ein Mann mit Hund dir Angst macht. Es war klug von dir, einen Umweg zu machen. Das hätte deine Mutter auch getan. Aber deshalb brauchst du doch keine Angst vor mir zu haben. Morgen schreiben wir einen neuen Einkaufszettel.

TOCHTER Das machen wir doch immer abends.

VATER Ich kann nicht mehr. Außerdem flimmert es vor meinen Augen. *Schnell* Was ist das für ein Geräusch?

TOCHTER Welches Geräusch?

VATER Ich hörte jemanden sengen. Singen meine ich. Wieso sage ich dann sengen? – Willst du die Mütze nicht absetzen? Sie gefällt mir nicht.

TOCHTER Mach ich.

VATER Wasch das Gemüse nicht zu gründlich. Sonst verschwindet der Geschmack der Erde. Ich bin hungrig. Ich bin tatsächlich hungrig. Aber ich will nicht, dass du mit der Mütze da kochst.

TOCHTER Mach ich.

Der Vater setzt sich wieder mit der Zeitung hin. Aber er liest nicht, er hält sie nur angestrengt vor sich auf. Die Tochter verschwindet für einen Augenblick und kommt sofort zurück. Anstelle der Mütze trägt sie jetzt einen Schal um den Kopf.

VATER So ist besser. Weißt du noch, wann du den Schal gekriegt hast?

TOCHTER An meinem siebzehnten Geburtstag.

VATER Deine Mutter liebte dich schon vor der Geburt sehr. Sie glaubte, eine höhere Macht habe verhindert, dass sie nach dir noch einmal schwanger wurde. Sie glaubte, wir müssten erst alle Gefahren überstehen, ehe weitere Kinder kommen würden. Jungs.

TOCHTER Ich fange an zu weinen.

VATER Alles wird gut. Wenn sie nur kommen.

TOCHTER Wer soll uns eigentlich hier holen?

VATER Der Bruder des Fahrers aus dem ersten Lastwagen.

TOCHTER Hat er diese Wohnung hier organisiert?

VATER Du fragst so viel. Alles wird gut. Wenn du mir vertraust.

TOCHTER Ja.

VATER Das Essen wird gut tun. Ich kann es bereits riechen.

TOCHTER Wie viel Reis willst du?

VATER Du weißt, wie viel ich esse. Deine Mutter fragte nie, wie viel ich will. Sie schaute mich an und wusste es.

TOCHTER *leise* Aber ich bin nicht sie …

VATER Was sagst du?

Ein Streit bricht auf.

TOCHTER Du schlägst mich nie wieder.

VATER Ich habe dich nie geschlagen.

TOCHTER Nie wieder!

VATER Warum sagst du so etwas?

TOCHTER Nie wieder!

VATER Was hast du eigentlich gemacht? Drei Stunden und neunundvierzig Minuten lang!

TOCHTER Abgeschnitten.

VATER Was?

TOCHTER Die Zunge.

VATER Wieso sagst du so etwas? Was hast du abgeschnitten? *Der Vater reißt ihr das Tuch vom Kopf.* Die Haare. Warum hast du sie abgeschnitten?

TOCHTER Falls es brennt.

VATER Es brennt doch nicht? Warum hast du sie abgeschnitten?

TOCHTER Falls es anfängt zu brennen.

VATER Ich schneide dir doch die Haare? Und du mir.

TOCHTER Nein.

VATER Wir müssen uns an unsere Absprachen halten. Nur so geht das.

TOCHTER Ich habe sie hinter dem Kebab-Stand vergraben.

VATER Ich esse kein Fleisch.

TOCHTER Bei der U-Bahn. Da warst du noch nie, weil du ja nie rausgehst.

VATER Weshalb?

TOCHTER Deshalb! Weshalb? Ich weiß es nicht.

Stille.

Ich sah im Traum eine Frau. Sie saß auf einem Baum und schrie, sie müsse sterben, wenn ich mir nicht die Haare abschneide.

VATER Ich träume nur von Wasser.

TOCHTER Ich muss den Reis abgießen.

VATER Warum kann ich mich an nichts mehr erinnern?

TOCHTER Du erinnerst dich an die falschen Dinge. Du vergisst, woran du dich erinnern willst.

VATER Und was bleibt dann da noch?

TOCHTER Ich.

VATER Man kann so nicht leben.

TOCHTER Hörst du, was ich sage? »Was bleibt, bin ich.« Hörst du mir nicht zu, wenn ich rede?

VATER Klar höre ich zu. Was hast du gesagt?

TOCHTER Was bleibt, bin ich.

VATER Und ich. Ich liebe dich.

TOCHTER Ich liebe dich.

VATER Ich habe dich immer geliebt. Seit du geboren wurdest.

TOCHTER Sagst du nicht, du erinnerst dich nicht? Wenn du dich nicht erinnerst, kannst du doch nicht sagen, dass du mich immer geliebt hast. Sag mir, wenn du willst, dass ich dich begrabe.

VATER Ich bin hungrig. Gibt es endlich Essen?

Der Ausbruch ist vorbei. Der Vater setzt sich mit der Zeitung wieder hin.

Es war das rechte Ohr.

TOCHTER Wie war der Minister?

VATER Ich weiß nur, dass wir ihn Dinnerminister nannten. Weil er immer bei irgendwelchen Empfängen war. Wenn man so etwas laut sagte, riskierte man die Folter. Warum hast du dir die Haare abgeschnitten?

TOCHTER Sie rochen.

VATER Dein schönes, dichtes Haar. Wie das deiner Mutter.

TOCHTER Wir haben uns unter Fellen versteckt, waren es nicht Rinderfelle? Ich dachte, ich würde ersticken. Und dann das Meer, das Schiff, das leck war, und all die Gesichter, die aus der Dunkelheit auftauchten, von Feuer umzingelt. Und dann fangen die Haare an zu sinken, ich meine, das Boot fängt an zu sinken, und all das setzt sich im Haar fest. Jetzt riecht es nicht mehr. Zumindest rieche ich es nicht mehr. Ich habe es nach Hause gebracht. Ich habe nur die eine Hälfte vergraben. Die linke Seite. Die rechte habe ich dabei … Jetzt kocht der Reis.

VATER Wer hat sie dir abgeschnitten?

TOCHTER Sie sagte, sie komme aus dem Iran. Ich habe damit gerechnet, dass du mich umbringst, wenn ich nach Hause komme. Ich habe felsenfest damit gerechnet. Aber ich konnte nicht anders.

VATER Vielleicht flimmert es deshalb vor meinen Augen. Vielleicht habe ich gespürt, dass du dir die Haare abschneidest. Ich erkenne dich nicht wieder. Kannst du dir denn das Tuch wieder umbinden? Nein, die Mütze ist besser. Die Mütze. Wo ist die übrigens her? Ich habe die noch nie gesehen.

TOCHTER Ich habe sie im Bus gefunden.

VATER Ist die nicht schmutzig? Du kannst dir was einfangen! Möglicherweise Läuse. Ich will nicht, dass du Läuse in die Wohnung schleppst. Wenn die mit unseren Papieren kommen, will ich, dass es hier sauber und ordentlich ist. Genau wie bei unserer Ankunft.

TOCHTER Ich glaube nicht, dass es in diesem Land Läuse gibt, Papa.

VATER Jetzt widersprichst du mir. Aber das macht nichts. Es ist ein freundliches, normales Gespräch. Ich bin ganz ruhig. Klar gibt es Läuse hier. Die gibt es überall. Das wird alles anders, wenn wir nach Australien kommen.

TOCHTER Die Mütze hat keine Läuse.

VATER Schildmützen! Das tragen die Leute hier. Ich habe nie so viele Schildmützen gesehen wie in diesem Land. Ich stelle mich ans Fenster und zähle sie. Alte Männer mit Schildmützen. Und wo sind all die jungen? Ich sehe sie nicht. Außerdem gibt es hier Ratten.

TOCHTER Hast du welche gesehen?

VATER Ich höre sie. In den Wänden. Schildmützen und Ratten. Und Kälte.

TOCHTER Die kommen vielleicht nie.

VATER Warum nicht?

TOCHTER Das Schiff war leck.

VATER Die Leute, die uns mit dem Schiff gefahren haben, haben ihre Strafe schon abgekriegt. Das waren sicher deren Körper, die an Land geschwemmt wurden. Wir haben sie überlebt. Die drehten ab und fanden ihre Strafe. Mama legte den Finger auf die Karte: So schmal ist es. Sie hatte Angst vor dem Wasser. Aber sie sah, wie schmal es ist. Nur ein Fingernagel breit. Zwischen Afrika und Spanien.

TOCHTER Warum können wir hier nicht bleiben?

VATER Weil wir einen Plan haben. Wir werden nach Kanada fahren.

TOCHTER Kann ich etwas sagen, ohne dass du böse wirst?

VATER Aber Schatz, kannst du mir nicht sagen, was immer du willst?

TOCHTER Du wirst sicher böse.

VATER Ich bin ganz ruhig. Ich werde nicht einmal böse, weil du die Haare deiner Mutter abgeschnitten hast. Was wolltest du sagen?

TOCHTER Nichts.

VATER Jetzt machst du mich aber traurig. Ich werde ganz nervös. Mir vergeht gleich der Appetit.

TOCHTER Es ist nichts. Ich werde jetzt den Fisch braten. Lass dir den Appetit nicht verderben. Nicht von mir.

VATER Ich verstehe nicht, warum ich den Pfeffer nicht aufgeschrieben habe. Was wolltest du sagen?

TOCHTER Nichts. Ich kaufe morgen Pfeffer. Und die neue Zeitung ist sicher auch gekommen. Vielleicht steht da mehr über den Minister mit dem verletzten Ohr.

VATER Er ist einer der schlimmsten. Es sind Gerüchte über ihn im Umlauf.

TOCHTER Weil man ihn immer nur bei Empfängen sah?

VATER Er ließ einem Journalisten die Zunge abschneiden, weil er ihn kritisiert hatte. Der schlief, als man ihn nachts aus dem Bett zerrte, mit Frau und drei Kindern, kleinen Kindern, drei Jungs, oder vielleicht war ein Mädchen dabei. Man schleppte ihn in den Keller der Staatspolizei und band ihn auf einem Stuhl fest. Der Minister kam von einem Bankett zu Ehren der Weltbank, die uns einen ansehnlichen Kredit bewilligt hatte. »Uns?« Warum sage ich »Uns?« Wir haben nie einen Kredit erhalten. Als er im Smoking in den Keller kam, hatte er in der einen Hand ein Champagnerglas und sagte zu dem Journalisten – Ernesto hieß der, jetzt erinnere ich mich: Ernesto hatte eine eigene Kolumne in der Zeitung, darin schrieb er täglich über die neuesten Drohungen, die ihn erreichten: Briefe mit Scheiße, Briefe, die ihm mit blutigen Buchstaben den Tod androhten, immer wieder, täglich – der Minister eröffnete ihm also, er habe jetzt die Wahl.

TOCHTER Ich will nicht wissen, was sich da abspielte.

VATER Ich auch nicht. Keiner will das wissen.

TOCHTER Ich mache uns jetzt Essen.

VATER Er hatte die Wahl zwischen Augen ausbrennen mit einer Zigarette oder Zunge abschneiden mit einer Schere.

TOCHTER Ich will das nicht hören! Ich will nicht!

VATER Wenn du wüsstest, wie stolz ich auf dich bin. Du bist genau so sparsam wie deine Mutter. Und ihr habt die gleiche Zahnlücke. Ein kleiner Spalt zwischen den Schneidezähnen. Den hatte deine Mutter auch. Als wir jung waren, stellten wir uns vor, die kleine Spalte sei eine Türe, hinter der ein Geheimnis darauf wartet, von uns gelüftet zu werden. Kannst du dir vorstellen, dass ich einmal so kindisch gewesen bin?

TOCHTER Ich liebe dich, wenn du über die Geheimnisse hinter Mutters Zahnlücke erzählst.

VATER Er hatte eine Schere in der Tasche.

TOCHTER Ich will es nicht wissen.

VATER Nein. Ich werde nichts sagen. Aber er hatte eine Papierschere dabei. Oder vielleicht die Schere des Präsidenten, die er benutzt, wenn er in seinem neuen Palast etwas einweiht. In Kanada bauen sie sicher Holzhäuser, nicht alles aus Beton. Die können da sicher einen Zimmermann gebrauchen, glaubst du nicht?

TOCHTER Doch …

VATER Was denkst du?

TOCHTER Nichts.

VATER Klar denkst du etwas. Ich merke das doch. Du kannst mich nicht hinters Licht führen, das weißt du. Woran denkst du?

TOCHTER Du darfst nicht böse werden.

VATER Ich werde nie böse. Warum sagst du das? Wann bin ich zuletzt böse geworden? Ich erinnere mich nicht daran.

TOCHTER Dein Handtuch ist trocken. Du hast es den ganzen Tag nicht benutzt.

VATER Ich werde auch so trocken.

TOCHTER Du darfst nicht böse werden.

VATER Ich werde nicht böse.

TOCHTER Es riecht nicht besonders streng. Aber du musst wieder anfangen, dich zu waschen. Und hinauszugehen.

VATER Ich werde nicht böse. Ich werde nicht böse, weil du dich täuschst. Der Geruch kommt nicht von mir. Der kommt vom Treppenhaus. Oder vielleicht von den Nachbarn. Hast du die mal gesehen? Findest du das nicht eigenartig? Dass man Nachbarn hat, die man nie sieht. Und an der Türe steht auch nichts, kein Name. Ich glaube, der Geruch kommt von außerhalb. Aber wir werden nicht mehr lange hier bleiben. Nur kurz. Ein paar Tage noch. Sollen wir mit dem Fisch nicht bis morgen warten? Im Kühlschrank bleibt er frisch. Was meinst du? Sollen wir uns nicht mit Reis und Gemüse begnügen?

TOCHTER Ich bin nicht besonders hungrig. Wir können bis morgen warten.

VATER Wenn du anrichtest, decke ich den Tisch. Dann essen wir. Sollen wir das tun?

TOCHTER Willst du Tee?

VATER Ja, das wäre gut. Nein, das lass ich lieber bleiben. Mein Magen verträgt nicht so viel Tee. Dann decke ich jetzt den Tisch.

Der Vater deckt den Tisch, während die Tochter kocht.

Ich denke, wir sollten einen genauen Plan für die nächsten Tage machen. Nicht nur eine Einkaufsliste. Einen richtigen Plan, damit man nicht verrückt wird. Die Papiere können jederzeit eintreffen. Dann müssen wir bereit sein. Willst du rechts oder links sitzen? Wo hast du gestern gesessen? Ich kann mich nicht einmal daran erinnern. Doch, rechts – dann sitzt du heute links. Messer und Gabel, keine Löffel. Erinnerst du dich an die Holzgabeln, die ich schnitzte, als ich mir in die Hand gesägt hatte und nicht normal arbeiten konnte? Erinnerst du dich, wie viele Leute Gabeln kaufen wollten? Ich finde, wir sollten einen Plan machen, Kleider waschen und putzen. Ich will, dass es sauber ist, wenn die kommen. Und dann rechnen wir aus, wie viel Geld uns pro Tag bleibt. Wir dürfen nicht faulenzen. Wir müssen bereit sein, auf der Stelle aufzubrechen. Imona hat das immer gesagt. Jetzt geht es los. Wie sieht es mit dem Gemüse aus?

TOCHTER Ich bin gleich fertig.

VATER Ich kann den Reis schon auftragen. Soll ich? Sag mal, es riecht wirklich sehr gut.

TOCHTER Er ist heiß. Der Reis ist heiß.

VATER Alte Tischlerhände vertragen etwas Hitze, das weißt du. Ich setze mich schon mal hin.

TOCHTER Willst du Wasser zum Essen?

VATER Nein, nein, kein Wasser. Nur Essen. Aber nimm du Wasser. Ich glaube, es war ein Einkäufer aus der Stadt, der am Ende all die Holzgabeln gekauft hat. Aber ich erinnere mich nicht mehr, wie viel er bezahlt hat. Nur, dass Imona fand, es wäre zu wenig. Daran erinnere ich mich noch.

Die Tochter kommt mit einer Schüssel herein, sie setzen sich und essen.

TOCHTER Die Leute starren mich alle an.

VATER Weil du so schön bist. Ich werde dir einen guten Jungen finden in Australien. Ich meine, in Kanada. Scheiß drauf, was ich meine. Wer starrt dich an?

TOCHTER Ich bilde es mir nur ein.

VATER Shaba!

TOCHTER Wer?

VATER Shaba. Einen Mann wie Shaba.

TOCHTER Der Fotograf?

VATER Ja, genau. Shaba. Einen solchen Mann.

TOCHTER Aber er ist ja doppelt so alt wie ich!

VATER Du wirst einen Mann brauchen, der älter ist als du. Genau wie Mama. Willst du nicht mehr? Du musst richtig essen. Ich will nicht, dass du krank wirst. Ich habe jetzt nur noch dich. Iss noch ein wenig. Tu's für mich!

TOCHTER Ich kann nicht mehr.

VATER Denk an mich. Iss jetzt. Ich will dich nicht zwingen. Aber wenn du nicht isst, dann füttere ich dich.

TOCHTER Wenn du nicht redest, geht es leichter.

VATER Wir müssen miteinander reden können. Ich warte hier den ganzen Tag, höre Stimmen, und wenn ich mich umdrehe, ist keiner da. Wir müssen miteinander reden.

TOCHTER Aber nicht darüber, dass ich mehr essen muss.

VATER Vielleicht nehme ich doch ein wenig Tee. Wäre das nicht gut?

TOCHTER Ich will keinen.

VATER Ich auch nicht. Wie wird das Wetter morgen? Ich habe vor, einen richtig langen Spaziergang zu machen. Ich muss mich bewegen. Ich bin es nicht gewohnt, so eingesperrt zu sein.

TOCHTER Wir können ja zusammen einen Spaziergang machen.

VATER Jemand muss hier sein, falls die mit den Papieren kommen. Ich glaube, die kommen morgen.

TOCHTER Du hast heute Nacht gesungen.

VATER Das musst du geträumt haben.

TOCHTER Du hast gesungen.

VATER Ich hoffe, die Nachbarn haben nichts gehört. Wenn die anfangen, sich zu wundern, rufen sie die Polizei. An unserer Tür steht ein Name, den man hier häufig hören soll. »Svedlund«. Am Ende wollen sie wissen, warum ich hier nachts schreie, in einer fremden Sprache.

Die Tochter lacht.

Worüber lachst du?

TOCHTER Der Name am Briefkasten.

VATER Svedlund.

TOCHTER Ich frage mich, was er bedeutet.

VATER Klingt wie ein Pferdename …

TOCHTER Dann bist du Herr Svedlund und ich bin Svedlunds Tochter.

VATER Was sagst du? Sollen wir doch ein bisschen Tee trinken? Nein, du wolltest ja nicht. Jetzt trägst du die Sachen raus und wäschst das Geschirr, und dann schreiben wir die Einkaufsliste für morgen.

TOCHTER Aber die wolltest du doch heute Abend nicht mehr machen.

VATER Du sollst abräumen. Ich will das nicht noch einmal sagen. Morgen essen wir Fisch. Das wird lecker. Findest du nicht?

TOCHTER Ja.

VATER Hast du einen Laden gesehen, wo sie Holzhämmer verkaufen?

Die Tochter fängt an, das Geschirr hinauszutragen. Aber sie hält inne.

TOCHTER Ich hatte einen komischen Traum heute Nacht.

VATER Habe ich gemerkt. Dass du geträumt hast.

TOCHTER Du lagst in der Mitte aufgeschnitten und platt gedrückt in Plastik gepresst – wie ein neues Hemd.

VATER Genau das hatten die Arschlöcher vor. Mich in Stücke schneiden. Weißt du, was ich mache, wenn ich hier sitze und Schuhe putze? Mir die Rache ausmalen. Eines Tages werden wir sie erwischen. Und dann werde ich sie in Stücke sägen und in Plastiktüten abfüllen. Genau so.

TOCHTER Willst du Tee?

VATER Danke, das wäre schön. Wir trinken ein Glas Tee und planen ein wenig die Zukunft. Wir müssen uns vorbereiten.

TOCHTER Wir haben fast keinen Zucker mehr.

VATER Dann müssen wir anfangen zu sparen. Eigentlich können wir auf Pfeffer verzichten. Wie kommt es, dass wir keinen Zucker haben? Gibt es hier Ameisen?

TOCHTER Ich setze Wasser auf.

VATER Erst trägst du doch das Geschirr hinaus?

TOCHTER Das mache ich, während das Wasser kocht.

VATER Nein. Du machst mich ganz nervös. Du sollst eins nach dem anderen erledigen. Sonst geht es schief.

TOCHTER Ist das so wichtig?

VATER Für mich ist es wichtig. Und ich will nicht, dass du mir widersprichst. Ich will mich nicht ärgern. Du hast mich fast geärgert. *Schreit.* Erst trägst du die Sachen hinaus und dann kochst du Tee. Ich dulde deinen Leichtsinn nicht.

TOCHTER Verzeihung …

VATER Und wenn du mich reizt, werde ich böse. Jetzt sind wir wieder Freunde, stimmt's?

TOCHTER Ich trage die Sachen hinaus.

VATER Warum beantwortest du meine Frage nicht? Ich habe es langsam satt, dass du mir nie zuhörst. Warum hörst du nicht zu? Ich habe eine Frage gestellt.

TOCHTER Ja …

VATER Und was habe ich gefragt?

TOCHTER Papa, ich verstehe nicht …

VATER Ob wir wieder Freunde sind. Hast du das nicht gehört? Ich soll mir deine idiotischen Träume anhören, wo ich zerstückelt in einer Plastiktüte liege. Aber du hörst mir nicht zu, wenn ich mit dir rede.

TOCHTER Wir sind Freunde.

VATER Ja, warum sollten wir keine Freunde sein? Wie würde das gehen?

Die Tochter bringt die Sachen hinaus.

Komm und setz dich hier neben mich.

TOCHTER Jetzt?

VATER Ja, jetzt.

Die Tochter setzt sich neben ihn.

TOCHTER Was soll ich tun?

VATER Halte meine Hand.

TOCHTER So?

VATER So ist gut. Das ist ein gutes Gefühl. Ein bisschen fester.

TOCHTER Fester?

VATER So ist es genau richtig.

TOCHTER Soll ich nicht etwas fester?

VATER Ein wenig, vielleicht … Nein, das ist zu viel … Weniger … So ist gut! Wenn ich die Augen schließe, ich schließe sie jetzt, siehst du? Jetzt ist es, als würde ich Mutters Hand halten. Du riechst genau wie sie. Wie Gras, beinahe wie nasses Gras … Lass nicht los. Halt einfach nur fest, nicht stärker, das ist, als wäre sie zurückgekommen … Und ich kann meinen Kopf an ihre Schulter legen …

TOCHTER Du kannst deinen Kopf bei mir anlehnen.

Sie sitzen schweigend.

VATER Hörst du dieses Rauschen?

TOCHTER Das ist nur das Teewasser. Ich kann die Platte ausmachen.

VATER Lass nicht los!

TOCHTER Ich lasse nicht los.

VATER Es muss jemanden geben, der einen braucht. Wer braucht mich noch außer dir, niemand … Erinnerst du dich an die, die da im Container neben uns saßen?

TOCHTER Wie sollte ich die vergessen können?

VATER Und die Männer draußen, die uns anstarrten, trugen Schildmützen. Was glotzen die so, dachte ich? Tiere, dachte ich. Für die sind wir Tiere. Als der eine Mann starb – erinnerst du dich?

TOCHTER Sicher erinnere ich mich. Ich muss jetzt das Wasser ausmachen –

VATER Lass nicht los! Die Leute polterten an die Wände wie Wahnsinnige. Ein entsetzlicher Lärm. Jemand muss es gehört haben. Der Lastwagen hielt an. Und sie mussten ihn hinausheben. Wo der wohl her war? Indien vielleicht? Es war mitten in einem Wald. Erinnerst du dich?

TOCHTER Ich kann mich an keine Bäume erinnern. Nur an den See in der Ferne. Oder vielleicht war es kein See. Nur Nebel.

VATER Wenn man auf der Flucht ist, und man hat dafür bezahlt, wie können die einen dann so behandeln?

TOCHTER Ich frage mich, was aus ihnen geworden ist.

VATER Was aus der Leiche geworden ist, wissen wir. Sie haben sie in den Graben geworfen und im Laub verscharrt. Ohne Gebet. Ohne etwas.

TOCHTER War er allein?

VATER Sicher war er allein.

TOCHTER Ich muss jetzt die Platte ausschalten.

VATER Aber du verschwindest nicht. Du kommst zurück.

TOCHTER Ich komme zurück. Willst du immer noch Tee?

VATER Ja, nein, ich weiß nicht. Willst du? Wenn du einen trinkst, trinke ich auch einen.

TOCHTER Ich kann nicht schlafen, wenn ich Tee getrunken habe.

VATER Ich werde heute früh zu Bett gehen. Morgen werde ich einen langen Spaziergang machen.

TOCHTER Ich muss jetzt die Platte ausmachen.

VATER Aber du kommst zurück?

Die Tochter löst ihre Hand, steht auf und verschwindet in der Küche. Sie kommt zurück und greift wieder nach Vaters Hand.

Ein wenig fester … So ist gut … Genau so … nicht zu fest … Jetzt fühle ich mich geborgen. Bist du auch ruhig?

TOCHTER Ich glaube, ich werde nie wieder ruhig sein.

VATER So etwas darfst du nicht sagen. Du vertraust mir nicht mehr.

TOCHTER Ich habe es nicht so gemeint.

VATER Ich weiß. Ich habe einen Wunsch.

TOCHTER Welchen?

VATER Dass du mir ins Ohr bläst.

TOCHTER Warum?

VATER Deine Mutter machte das immer. Am Abend. Vor dem Einschlafen.

TOCHTER Ich weiß nicht, ob ich das kann.

VATER Es ist nichts Besonderes. Ich kann dir eine alte Geschichte erzählen, wie Großmutter sie dir als Kind erzählt hat. Willst du das?

TOCHTER Starb sie nicht, bevor ich geboren wurde?

VATER Wirklich? Das kann nicht sein.

TOCHTER Ich glaube, ich werde mich jetzt hinlegen.

Der Vater hält immer noch ihre Hand.

VATER Glaubst du, ich verlange zu viel von dir?

TOCHTER Nein.

VATER Was, glaubst du, wäre passiert, wenn wir geblieben wären? Mich hätten sie auf der Stelle umgebracht. Aber was, glaubst du, wäre mit deiner Mutter geschehen?

TOCHTER Ich weiß, was geschehen wäre.

VATER Ich will hören, wie du es aussprichst.

TOCHTER Warum bist du so komisch?

VATER Ich will nur sicher sein, dass du verstehst. Deine Mutter ist tot. Aber wenn wir geblieben wären, wären wir alle drei tot. Verstehst du?

TOCHTER Ja …

VATER Ich wäre gerne an Stelle deiner Mutter ertrunken, aber es war anders vorausbestimmt. Gott wollte es so, und dagegen kommt niemand an. Aber ich rettete dein Leben.

TOCHTER Ja …

VATER Ich verlange nichts von dir. Nichts, nie. Verlange ich zu viel von dir?

TOCHTER Nein …

VATER Wir müssen einander vertrauen können. Sonst geht es nicht. Und ich verlange nichts von dir. Nie. Nur, dass du mir etwas Luft in mein Ohr bläst. Genau wie deine Mutter.

TOCHTER Kann ich jetzt gehen und mich hinlegen?

VATER Es ist gut, dass du viel schläfst. Du kannst nachher schlafen gehen.

Die Tochter beugt sich vor und bläst dem Vater Luft ins Ohr. Plötzlich reißt er sich los.

Was machst du?

TOCHTER Nicht böse werden. Ich habe getan, was du gesagt hast.

VATER Ich bin nicht böse. Spinnst du?

TOCHTER Ich verstehe nicht. Ich habe doch gemacht, was du gesagt hast?

VATER Ich habe gesagt, du sollst blasen. Und nicht mit den Lippen mein Ohr berühren. Was treibst du da eigentlich? Ich bin dein Vater, nicht dein Mann.

TOCHTER Ich habe Luft geblasen. Luft. Nichts weiter.

VATER Willst du damit sagen, ich lüge?

TOCHTER Nein.

VATER Ich lüge nicht. Ich habe die Lippen gespürt. Was ist los mit dir? Ich kenne dich nicht wieder!

TOCHTER Es war nicht meine Absicht.

VATER Ich will dich nicht schlagen. Aber ich werde es tun, wenn es sein muss. Verstehst du, was ich sage?

TOCHTER Ja.

VATER Dann kannst du dich jetzt schlafen legen.

Die Tochter steht auf.

Wie viel Uhr ist es?

TOCHTER Sieben.

VATER Und man weiß, verdammt noch mal, nicht, ob es Morgen oder Abend ist. Ich finde, du solltest die Wahrheit kennen.

TOCHTER Welche Wahrheit?

VATER Was glaubst du, welche? Ich hasse diese kurzen Haare.

TOCHTER Jetzt reg dich nicht auf. Ich weiß nicht, von welcher Wahrheit du redest.

VATER Ich rege mich nicht auf. In meinem Dorf war ich als der friedlichste Handwerker bekannt. Ich hatte meine politischen Ansichten und stand dazu. Aber ehe du schlafen gehst, muss ich dir sagen, was mit Ernesto, dem Journalisten, wirklich passiert ist. Bist du hungrig? Ich mag den Reis, den du da gekauft hast, habe ich dir das schon gesagt? Aber warum sind hier keine anständigen Tomaten erhältlich? Was ist das hier eigentlich für ein Land? Gibt es hier nur alte Knacker? Ich schaue aus dem Fenster und frage mich, wo all die jungen Menschen sind? Ich werde das alles erst kapieren, wenn wir in Australien sind. Und deshalb werden wir jetzt gleich damit anfangen. Weißt du, womit?

TOCHTER Nein?

VATER »Yes, we are in Canada.« Das muss man können. Das müssen wir als Erstes tun: Die Sprache lernen … Was ist das für ein Geräusch?

TOCHTER Ich höre nichts.

VATER Klar hörst du das. Sei still! Es kommt von unten, glaube ich. Was ist das für ein Geräusch?

TOCHTER Jemand lacht.

VATER Wo?

TOCHTER Hier. Unter dem Boden.

VATER Da gibt es doch nichts zu lachen. *Er legt sich auf den Boden und versucht zu lauschen.* Es ist ein Radio, glaube ich. Oder ein Fernseher. Komm her und horch!
Die Tochter lauscht, den Kopf am Boden.
Hörst du nichts? Jetzt hört man es wieder.

TOCHTER Ich höre nichts.

VATER Klar hörst du es. Du musst richtig lauschen. Ein Fernseher. Jemand, der schreit.

TOCHTER Jetzt höre ich etwas.

VATER Das sagst du nur, damit ich nicht böse werde. Du hörst nichts. Was hörst du?

TOCHTER Ich weiß nicht …

VATER Es ist wohl ein Fernseher. Ich verstehe nicht, warum wir hier keinen Fernseher haben. Das nennen die hier ein »Durchgangslager«. Ich frage mich, was sie uns für Namen geben werden. Aber es stimmt schon – es ist, als würde man in einer Höhle wohnen, umgeben von wilden Tieren.

TOCHTER Ich will keinen neuen Namen. Warum darf ich meinen Namen nicht behalten?

VATER Du wirst doch verstehen, warum wir neue Namen brauchen?
Der Vater steht auf, verliert kurz das Gleichgewicht, setzt sich auf einen Stuhl.

TOCHTER Was ist los?

VATER Nur ein kleiner Schwindelanfall. Es ist schon vorbei. Vielleicht haben sie uns übers Ohr gehauen.

TOCHTER Du vertraust ihnen doch?

VATER Klar vertraue ich ihnen. Trotzdem können sie uns reingelegt haben. Vielleicht sind es Agenten. Vielleicht kommen sie mit Scheren hierher, anstatt mit Papieren.

TOCHTER *schreit* Ich will nichts mehr von Scheren hören!

VATER Hör auf zu schreien. Wenn du schreien willst, dann leise. Ich frage mich, ob du mir den Puls messen könntest. Könntest du mir den Gefallen tun?

TOCHTER Hast du wieder Herzklopfen?

VATER Es fühlt sich an, als läge mein Herz wie eine abgeschlaffte Qualle am Meeresgrund.
Die Tochter fühlt seinen Puls.
Wie viel?

TOCHTER Ich zähle … 87.

VATER Das ist zu viel.

TOCHTER Nicht besonders viel.

VATER Wie sehen meine Augen aus?

TOCHTER Du musst deinen Kopf drehen, damit ich sie im Licht sehe.
Der Vater dreht seinen Kopf.
Etwas rot. Aber nicht beunruhigend.

VATER Ich fühle mich auf jeden Fall besser. Wolltest du nicht das Fenster öffnen?

TOCHTER Das habe ich vergessen. *Sie öffnet das Fenster.* Gott, ist das kalt.

VATER Ist es kalt?

TOCHTER Ich mache wieder zu.

VATER Lass eine Weile offen. Was siehst du da draußen?

TOCHTER Die Lichter der Stadt.

VATER Keine Menschen?

TOCHTER Nein.

VATER Es ist zu kalt. Wenn wir hier weg sind, wird es wieder warm. Ernesto hatte die Wahl zwischen Augen ausbrennen und Zunge abschneiden. Pfui Teufel …

TOCHTER Hör auf!

VATER Ich habe schon aufgehört. Danach ist der Minister wieder zurück zur Party. Die Zunge trug er in der Innentasche seines Smokings, in eine kleine Plastiktüte gewickelt.

TOCHTER Hör auf.

VATER Die Wahrheit ist, wie sie ist.

TOCHTER Ich möchte mich jetzt schlafen legen. Ich bin müde.

VATER Glaubst du, er hat etwas gespürt?

TOCHTER *rasch* Warum hast du sie losgelassen?

VATER Ich habe sie nicht losgelassen. Ich habe getan, was ich konnte.

TOCHTER Du musst sie losgelassen haben.

VATER Ich kann mich nicht einmal daran erinnern, dass du mich an Land gezogen hast. Ich kann mich an nichts erinnern. Nur an jemanden, der schrie. Neun Stück in einem Boot. Und nur zwei überlebten. Du und ich.

TOCHTER Vier. Die Bootsführer hatten Rettungswesten.

VATER Die haben ihre Strafe gekriegt.

TOCHTER Warum weinst du nie?

VATER Was meinst du damit? Ich weine die ganze Zeit.

TOCHTER Ich weine. Du nicht.

Pause.

VATER Warum hast du dir die Haare abgeschnitten?

TOCHTER Das habe ich schon erklärt.

VATER Mach das nie wieder, ohne mich zu fragen. Wenn du verheiratet bist, brauchst du mir nichts mehr zu sagen. Dann kannst du das mit deinem Mann besprechen. Aber solange du von mir abhängig bist, unternimmst du nichts, ohne mich vorher zu fragen.

TOCHTER Darf ich mich jetzt schlafen legen?

VATER Was ist mit dem Fisch passiert?

TOCHTER Er liegt im Kühlschrank.

VATER Wir müssen ihn morgen essen. Länger hält er sich nicht.

TOCHTER Ich verspreche dir, dass ich ihn langsam brate.

VATER Morgen müssen die die Papiere bringen.

TOCHTER Ich will schießen lernen.

VATER Wozu? Willst du Jägerin werden? Das werde ich nie zulassen.

TOCHTER Ich will die umbringen, die uns in das kaputte Boot gesetzt haben.

Es klingelt an der Tür. Sie erstarren, ducken sich, als stünde ein Angriff bevor. Es klingelt erneut. Jemand klopft. Schließlich ist das Klappern des Briefeinwurfes zu hören.

VATER Was war das?

TOCHTER Ich sehe nach.

VATER Nein, nein. Schau aus dem Fenster. Pass auf, dass sie dich nicht sehen. Siehst du etwas?

TOCHTER Es verlässt niemand das Haus.

VATER Siehst du nichts?

TOCHTER Kein Mensch draußen.

VATER Geh und sieh nach!

Die Tochter geht hinaus. Sie kommt mit einem Zettel zurück.

Was ist das?

TOCHTER Ich kann es nicht lesen. *Sie buchstabiert die erste Zeile.* »Kontrolle der sanitären Anlagen!« … Ich weiß nicht, was das heißt …

VATER Warum können die uns nicht in Ruhe lassen?

TOCHTER Ich lege mich jetzt schlafen, ich bin müde.

VATER Du hast Recht, es ist besser, wenn wir uns jetzt hinlegen. Sie kommen morgen früh. Ich spüre das.

TOCHTER Das ist mir bis jetzt nie aufgefallen. Dass du Dinge sagst, die du selber nicht glaubst.

VATER Ich muss daran glauben, dass sie morgen kommen.

TOCHTER Vielleicht glauben wir besser nicht daran? Und versuchen, uns etwas Besseres auszudenken?

VATER Man muss einen vereinbarten Plan einhalten. Das habe ich von meinem Vater gelernt. Ein armer Mann darf nie die Kontrolle verlieren. Er hat das geschafft. Sein ganzes Leben lang. Und ich bin genauso. Mein Vater war Tischler. Ich bin Tischler. Und wärst du ein Junge gewesen, wärst du es auch geworden. Mein Vater konnte nicht einmal lesen. Wusstest du das? Er konnte seinen Namen schreiben, mehr nicht.

TOCHTER Ich weiß. Du hast es erzählt.

VATER Ich denke an ihn, wenn ich die Schuhe putze. Was würde er an meiner Stelle tun? Wie würde er die Situation einschätzen? Er konnte sich so gewählt ausdrücken. Er hatte in der Partei gelernt, Situationen »einzuschätzen«. Ich rede mit ihm. Mit wem soll ich sonst reden? Man nannte ihn den »Alten«, da war er noch nicht einmal fünfundzwanzig. Er baute den ersten Ortsverband der Gewerkschaft in der Vorstadt auf. Und jedes Mal, wenn es einen Aufstand gab, war er mit dabei. Gott weiß, wie oft er fertig gemacht wurde. Und verprügelt und verhört und mit Hinrichtung bedroht. Aber er war immer dabei. Weil er an die Sache glaubte. Er arbeitete als Tischler bei einem Typen, dem die halbe Stadt gehörte und alle Überbauungen rund um unser Dorf. Gott, wie wütend Vater abends nach Hause kam. Einmal erzählte er, er habe den Rahmen eines argentinischen Stuhls repariert. Der Besitzer war dieser Typ, dem alles gehörte, sogar die Werkzeuge meines Vaters, glaube ich. Er hatte den Stuhl mit dem Schiff aus Argentinien kommen lassen, eine Antiquität, sehr wertvoll, und hatte meinem Vater verraten, was der Stuhl gekostet hatte, vier Jahreslöhne waren es, glaube ich. Und am meisten ärgerte sich Vater darüber, dass der Stuhl in einem eigens frei gehaltenen Lastraum transportiert worden war. Die schickten ein riesiges Schiff aus Argentinien mit einem einzigen Stuhl. Er war offensichtlich schlecht verarbeitet, aber wertvoll. Ich kann mich nicht mehr genau erinnern, irgendein bedeutender Mann muss darauf gesessen haben, ein richtig wichtiges Arschloch saß auf diesem Stuhl, sagte Vater, ein einziges beschissenes Mal. Vater hat nicht oft geflucht. Aber wenn er von diesem wichtigen Arschloch redete, fluchte er. Dieser Stuhl verfolgt mich, sagte er! Mutter fiel es schwer, sich an Vaters Temperament zu gewöhnen. Ihre Eltern waren ängstlich und schlossen die Fensterläden, wenn draußen etwas los war.

Die Tochter geht hinaus und kommt mit einem Wasserglas zurück.

Mir gefällt dieser Zettel da nicht. Bist du sicher, dass niemand im Treppenhaus steht?

TOCHTER Ich habe nichts gehört. Aber ich kann nachsehen.

VATER Nein, nein. Ist nicht nötig.

TOCHTER Ich möchte jetzt gerne schlafen gehen, wenn ich darf.

VATER Du musst aufpassen, dass du nicht zu viel schläfst. Ich habe von Menschen im Gefängnis gehört, die die ganze Zeit schlafen. Man wird fett, wenn man zu viel schläft. Und das willst du doch nicht werden? Ich will das nicht.

TOCHTER Ich schlafe nicht die ganze Zeit. Ich denke nach.

VATER Worüber denkst du nach?

TOCHTER Wie es früher war.

VATER *jähzornig* Du solltest darüber nachdenken, was mit Ernesto passiert ist. Überleg dir das mal. Er lebt jetzt ohne Zunge. Wenn du daran denkst, bist du froh, dass du hier sein darfst. Unterwegs. Nach Australien. Dort werden wir die Sprache lernen, verstehst du, im Nu. Wenn du mir hilfst, schaffe ich das, glaubst du nicht?

TOCHTER Ich werde dir helfen.

VATER Wie sagte der? Der links von mir im Lastwagen, der so nach Öl stank?

TOCHTER »We are in exile.«

VATER Genau. Was heißt das schon wieder?

TOCHTER »Wir leben im Exil«.

VATER Genau. Sag es noch einmal.

TOCHTER »Wir leben im –«

VATER Nein. Auf Englisch!

TOCHTER »We are in exile.«

VATER Genau. Ich kann das lernen, glaube ich. Ich möchte wissen, was aus ihm geworden ist. Wo kam er her?

TOCHTER Iran.

VATER Nein, sagte er nicht Kanada? Nein, dorthin war er unterwegs.

Er auch. Iran war es, oder Irak. Was sind das eigentlich für Länder? Mein Problem ist, dass ich nie etwas lernen durfte. Wenn man mir eine Landkarte vorlegen würde, ich könnte dir Kanada nicht zeigen. Eine Karte! Wir brauchen eine Karte. Kannst du morgen eine kaufen? Ich will sehen, wo wir hinsollen.

TOCHTER Willst du nicht nachschauen, wo wir sind?

VATER Klar. Kannst du eine Karte kaufen. Eine billige Karte.

Pause.

Hat Mama dir nie erzählt, wie wir uns kennen gelernt haben? Ihr Vater hat auch bei dem beschissenen »argentinischen Stuhl« gearbeitet – so nannten wir ihn –, auf einem seiner Güter. Er musste Kohle und Holz in die Keller schippen und anschließend auf die Kamine verteilen. Ich glaube, er musste täglich zweiundvierzig Kamine kontrollieren. Er wohnte mit seiner Familie in einem Schuppen, auf der Rückseite des Gutshauses, wo die Schweine waren. Das weiß ich noch, weil er mich eines Tages bat, sein Bett zu flicken, in dem er und seine Frau schliefen. Es stank irgendwie fürchterlich nach Schwein. Und als ich das Bett flickte, lernte ich die Tochter kennen. Und sie wurde deine Mutter. Sie erzählte mir erst lange nach der Heirat, dass sie mehrere Jahre gebraucht hatte, um diesen Schweinegestank loszuwerden. Vielleicht glaubst du deshalb, dass dein Haar riecht. Das ist vielleicht etwas von deiner Mutter. Die Angst, dass es stinkt.

TOCHTER Ich wusste nicht, dass ihr euch so kennen gelernt habt.

VATER Aber so war es. Ein kaputtes Bett und der Gestank von Schweinen. Und ich habe mich auf der Stelle in sie verliebt. Ich erinnere mich noch, dass sie diesen grünen Schal um den Kopf hatte. Und wenn ich dich so anschaue, siehst du genau so aus wie sie.

TOCHTER Ich sehe nicht aus wie meine Mutter.

VATER Sicher siehst du aus wie sie. Wem solltest du sonst ähneln?

TOCHTER Dir.

VATER Nein, nein. Mir sieht keiner ähnlich. Deine Mutter träumte von eigenartigen Dingen, wusstest du das?

TOCHTER Nein.

VATER Findest du, ich rede zu viel? Mir kommt vor, als würde ich ununterbrochen reden. Scheiße … jetzt muss ich weinen …

TOCHTER Papa … das macht nichts …

VATER Es brennt in den Augen …

TOCHTER Willst du ein Handtuch?

VATER Nicht nötig. Hast du die Initialen auf den Handtüchern gesehen? »SG«. Wer ist das? Vielleicht hat sie jemand geschenkt? Menschen, die sich um uns kümmern wollen.

TOCHTER Es gibt eines ohne Initialen.

VATER Wirklich? Wo ist es?

TOCHTER In der Küche.

VATER Ja, das will ich nicht. Sie träumte davon, einmal in ihrem Leben in einem Hotel zu wohnen. Ein vornehmes Hotel. Das war ihr Traum. Und ich habe ihr versprochen, sie dürfe, wenn wir es in den Iran schaffen, in einem Hotel wohnen. Weißt du, warum? Sie hatte von einem Hotel gehört – weiß Gott, wer ihr das erzählt hat –, da kann man am Morgen auf einem Zettel ausfüllen, was man zum Frühstück haben will, und dann wird einem das auf dem Zimmer serviert. Das war die Erfüllung aller Träume für deine Mutter. Ich sagte ihr, sie müsse nur erst schreiben lernen, damit sie den Zettel ausfüllen kann. Ich glaube sogar, dieser Wunsch gab den Ausschlag, dass sie schließlich einverstanden war, mitzukommen: »Gut, wir hauen ab.« Wir brechen die Brücken hinter uns ab. Natürlich ahnte sie, was uns erwarten würde. Aber man kann nicht nur vor etwas fliehen. Man muss auch ein Ziel vor Augen haben. Und das war dieser Zettel. Auf dem man ausfüllen konnte, was man sich zum Frühstück wünscht. Ich weiß, dass du es mir erklärt hast. Ich bin ja nicht blöd. Aber ich möchte es trotzdem wissen. Wo hast du diese Haare eingebuddelt?

TOCHTER Hinter dem Kebab-Stand.

VATER Ich weiß, was Kebab ist. Glaubst du, ich sei ein Idiot?

TOCHTER Bitte, werde jetzt nicht wieder wütend.

VATER Ich bin nicht wütend. Ich will nur, dass du es mir erklärst.

TOCHTER Ich weiß es nicht.

VATER Was weißt du nicht?

TOCHTER Ich weiß, warum ich mir die Haare geschnitten habe. Aber nicht, warum ich sie vergraben habe. Es war, als würde ich etwas pflanzen.

VATER Das klingt doch absolut geisteskrank. Warum lügst du? Wieso behauptest du, du hast nur die Hälfte der Haare vergraben?

TOCHTER Weil es wahr ist!

VATER Dann beweis mir das.

Die Tochter verschwindet im Flur und kommt mit einem braunen, dicken Umschlag zurück.

TOCHTER Da!

VATER Ich will die nicht. Schütte sie auf den Boden.

TOCHTER Wozu?

VATER Weil ich sie sehen will.

Die Tochter leert den Umschlag.

Du hast wirklich schöne Haare. Genau wie deine Mutter. Du brauchst keine Angst vor mir zu haben. Sonst geht es nicht.

TOCHTER Es lag ein Löffel auf der Straße. Das brachte mich erst auf die Idee, dass ich irgendwo ein Loch graben musste. Ich grub es mit dem Löffel. Das ist die ganze Wahrheit.

VATER Ein Löffel lag auf der Straße?

TOCHTER Ich habe ihn wieder hingelegt. Es muss ihn jemand verloren haben.

VATER In diesem Land ist es zu kalt, um draußen zu sitzen und zu essen. War es ein Holzlöffel?

TOCHTER Er war nicht aus Silber.

VATER War er alt?

TOCHTER Er war verbogen. Wahrscheinlich hat jemand draufgestanden.

VATER Ein komisches Land. Ich glaube nicht, dass man in Kanada Löffel auf der Straße findet. Hat dich jemand gesehen? Die Polizei kann überall sein. Sie hätten dich verhaften können. Die hätten dich verschwinden lassen können. Genau wie zu Hause. »In den Vorgärten der Minister«. Du weißt, was damit gemeint ist. Bist du sicher, dass dich niemand gesehen hat?

TOCHTER Ich habe die ganze Zeit aufgepasst.

VATER Vielleicht wächst da jetzt ein neuer Mensch. Deine Mutter. Ist es das, woran du gedacht hast? Dass deine Mutter zurückkommen könnte?

TOCHTER Ich weiß nicht, was ich mir gedacht habe.

VATER Ich will nicht wissen, was du dir dabei gedacht hast!

TOCHTER Nicht wütend werden …

VATER Ich will, dass du jedes einzelne Haar aufliest und verbrennst. Wenn die kommen, muss es hier sauber sein. Sauber und ordentlich. Ich verstehe nicht, warum du nie machst, was ich sage!

TOCHTER Ich mache genau, was du sagst …

VATER Du versuchst, mich zu reizen. Die ganze Zeit! Und glaubst, ich merke es nicht. Hörst du, was ich dir gesagt habe? Oder muss ich dich anschreien, damit du merkst, dass es mir ernst ist!

Es gelingt dem Vater mit großer Anstrengung, sich zu beruhigen.

Ich werde nicht wütend … Ich bin ruhig. Das merkst du doch? Sag mir noch einmal diese Wörter!

TOCHTER »We are in exile.«

VATER Ich werde diese Sprache lernen. Und dann werde ich einen Brief an die Minister und den Chef der Geheimpolizei schreiben, und ich werde ihnen sagen, dass es ihnen nicht gelungen ist, mich zu besiegen. Mich nicht. Und dich nicht. Und auch nicht deine Mutter, nie! Warum machst du nicht, was ich dir sage? Lies jetzt die Haare auf. Verdammt noch mal … Ich kann hier nicht länger rumhocken, die Beine sind geschwollen. Geht dir das auch so?

TOCHTER Nein.

Die Tochter liest die Haare auf. Es ist still. Der Vater schaut ihr zu, bis sie fertig ist.

Es wird vielleicht stinken, wenn ich sie verbrenne.

VATER Da kann man nichts dagegen tun. Das müssen wir riskieren. Hol eine Schüssel in der Küche. Haben wir Streichhölzer?

TOCHTER Auf dem Tisch im Schlafzimmer liegt eine Schachtel.

VATER Warum liegen die Streichhölzer bei dir? Sie sollen hier liegen, falls der Strom ausfällt.

Die Tochter geht und kommt mit einem Teller zurück. Dann geht sie erneut hinaus und kehrt mit den Streichhölzern zurück.

Am besten löschen wir das Licht.

TOCHTER Das wird übel riechen.

VATER Das müssen wir riskieren.

TOCHTER Ich kann das Fenster öffnen.

VATER Es ist zu kalt. Ich friere bereits. Morgen müssen sie kommen.

TOCHTER Was glaubst du, was sie mir für einen Namen geben?

VATER Weiß nicht. »Svedlund« vielleicht. Mach jetzt das Licht aus.

Die Tochter löscht das Licht. Es ist vollständig dunkel.

TOCHTER So war es, als der Inder starb. Völlig dunkel. Und trotzdem hörte man ihn sterben. Obwohl der Lastwagen schepperte und der Motor dröhnte. Ich habe es auf jeden Fall gehört.

VATER Eines der chinesischen Mädchen roch nach Pfeffer. Weißt du noch?

TOCHTER Ja, die roch nach Pfeffer.

Die Tochter entzündet ein Streichholz und verbrennt die Haare. Dann wird es wieder dunkel. Wenn die Lichter wieder angehen, ist es draußen Nacht. Die meisten Lichter sind gelöscht. Der Raum liegt im Halbdunkel. Von außen fällt ein blaues Mondlicht in den leeren Raum. Der Vater betritt das Zimmer, nackt, bis auf ein Paar Schuhe. Er setzt sich auf einen Stuhl. Er streift seine Schuhe ab und beginnt, sie zu putzen. Es liegt etwas Manisches, Verzweifeltes in seinem Tun. Plötzlich taucht die Tochter auf, im Nachthemd. Der Vater bedeckt hastig seine Blöße mit den Händen.

VATER Geh weg hier!

Die Tochter geht. Der Vater hüllt sich in ein Tischtuch.

Jetzt kannst du kommen.

Die Tochter kommt zurück.

TOCHTER Kannst du nicht schlafen?

VATER Klar kann ich schlafen.

TOCHTER Warum sitzt du dann hier?

VATER Ich will nicht schlafen.

TOCHTER Du musst. Du hältst das sonst nicht durch.

VATER Außerdem finde ich, die Schuhe sollten elegant aussehen, wenn ich morgen ausgehe. Ich will morgen nicht unnötigerweise wegen staubiger Schuhe auffallen … Wie viel Uhr ist es eigentlich?

TOCHTER Ich kann nachschauen gehen, wenn du willst.

VATER Ich will nicht wissen, wie spät es ist. Warum riecht es hier so komisch?

TOCHTER Das sind die verbrannten Haare. Frierst du?

VATER Ich glaube, ich habe Fieber. Ich werde mir etwas überziehen. Ich kann ja nicht nackt sein, wenn sie kommen.

TOCHTER Ich hole dir eine Decke.

VATER Machst du das? Das ist lieb.

Die Tochter verschwindet und kehrt mit einer Wolldecke zurück. Sie gibt sie dem Vater und wendet ihm den Rücken zu, während er sie sich überwirft.

TOCHTER Sag mir, wenn ich mich wieder umdrehen kann.

VATER Wenn ich dich so von hinten sehe, ist mir, als stünde deine Mutter hier. Vielleicht ist sie gar nicht ertrunken.

TOCHTER Mutter ist tot. Mutter ist tot, weil du ihren Arm losgelassen hast.

VATER Ich habe sie nicht losgelassen!

TOCHTER *schreit* Schrei mich nicht an! Verzeihung …

VATER Nein, du brauchst mich nicht um Verzeihung zu bitten. Ich müsste dich um Verzeihung bitten. Morgen wird alles anders.

TOCHTER Nein. Und jetzt widersprich mir nicht, wenn ich nein sage. Ich sage nur, wie es ist. Jemand von uns muss es ja tun.

VATER Du.

TOCHTER Ja, ich.

VATER »We in exile …« Hörst du? Ich habe geübt.

TOCHTER Du kannst diese Sprache nicht, Papa.

VATER Nein, aber ich kann sie lernen.

TOCHTER Dann hör zu, was ich jetzt sage.

VATER Hast du gesehen, dass Vollmond ist?

TOCHTER Wenn ich langsam rede und nicht laut, kannst du mir dann nicht zuhören? Ich widerspreche dir nicht, Papa. Ich sage bloß, wie es ist. Es kommt niemand. Wir können das nicht ändern. Wir sind hier. In Schweden. Und das können wir auch nicht ändern.

VATER Warum?

TOCHTER Weil sie dich übers Ohr gehauen haben. Weil es nie irgendwelche Papiere gab, oder jemanden, der uns nach Kanada oder Australien bringen sollte.

VATER Diese chinesischen Mädchen sollten nach England.

TOCHTER Es ist mir scheißegal, wo die hinwollten. Wenn du mir nicht zuhörst, Papa, werde ich dich morgen verlassen.

Der Vater steht auf.

VATER Ich glaube, ich werde ein wenig den Mond anschauen gehen. Er ist wirklich groß heute Nacht. Weißt du, wann wir ihn zuletzt gesehen haben? Als wir in der Wüste hielten, als der Lastwagen eine Reifenpanne hatte. Das war das letzte Mal. Wann war das, es muss lange her sein. Aber ich erinnere mich an das Gesicht deiner Mutter im Mondlicht, das weiß ich noch, das werde ich nie vergessen.

TOCHTER Ich werde hier weggehen.

VATER Es ist tatsächlich jemand draußen. Hast du gesehen? Mitten in der Nacht? Ein Besoffener. Komm. Schau ihn dir an. Entweder ist er besoffen, oder er sieht Geister … Genau so hat Ernesto ausgesehen, als er aus dem Gefängnis geworfen wurde, ohne Zunge, den Mund voller Blut, und er torkelte. Als er etwas sagen wollte, kam nur Blut …

TOCHTER Ich werde hier weggehen. Ich muss hier raus. Und ich muss jemandem erzählen, dass es mich gibt. Und du brauchst einen Arzt.

VATER Ich bin nicht krank. Ich habe ein bisschen Fieber. Das ist alles.

TOCHTER *geht zum Vater und hält ihn fest* Papa! Hör mir zu. Schau mich an! Ich halte jetzt deine Hand. Lehn deinen Kopf an meine Schulter.

VATER Ich will nicht …

TOCHTER Mach jetzt, was ich sage … Das ist nicht meine Schulter, das ist Mamas Schulter … Spürst du das? Mamas Schulter …

VATER Himmel, wie schön. Manchmal habe ich das Gefühl, ich werde verrückt. Weißt du, wo du bist?

TOCHTER In Schweden.

VATER Ich weiß nicht, was das ist. Ich glaube, ich bin im Gefängnis.

TOCHTER Versuche tief zu atmen. Ruhig. Ich bin hier. Mama ist hier.

VATER Mama ist hier. Aber wenn sie hier ist, wo bist dann du? Bist du ertrunken …

TOCHTER So ist gut. Ja, ja … Ganz ruhig.

Die Decke gleitet zu Boden.

VATER Ich werde sie aufheben. Ich werde sie aufheben, wenn sie mit unseren neuen Pässen gekommen sind.

TOCHTER Die kommen nicht.

VATER Ich kann hier nicht nackt stehen bleiben …

TOCHTER Du machst doch normalerweise, was ich sage? Wenn du weißt, dass ich Recht habe. Du hast eine kluge Frau geheiratet.

VATER Ich brauchte dir nie zu sagen, was ich denke. Du wusstest es auch so.

TOCHTER Morgen gehen wir hier raus und suchen einen Polizisten.

VATER Da muss ich erst die Schuhe putzen.

TOCHTER Du hast die Schuhe bereits geputzt. Wir sind angekommen. So musst du das sehen.

VATER Dann kann ich ja diese Jungs kriegen …

TOCHTER Du findest vielleicht eine andere Frau. Im Laufe der Zeit.

VATER Warum sollte ich eine andere Frau suchen? Ich habe ja dich?

Die Tochter sieht ein, dass ihr Vater sie jetzt als seine Frau betrachtet. Sie versucht, ihn wegzuschieben. Er hält dagegen.

TOCHTER Lass los, Papa. Es tut weh … Lass los! Hör auf … Es tut weh … Lass los!

Die Tochter schlägt dem Vater ins Gesicht.

VATER Was machst du?

TOCHTER Das tat weh. Du hast mich festgehalten.

VATER Du kannst mich nicht schlagen! Was zum Teufel tust du …

Der Vater wirft die Tochter zu Boden und versucht, ihr das Nachthemd vom Leib zu reißen. Schließlich kann sie sich befreien und rennt hinaus, und eine Tür wird zugeschlagen. Der Vater kriecht auf dem Boden herum und wickelt sich in die Wolldecke ein.

Da sind die Schuhe … Am besten, ich ziehe sie an, bevor sie mir jemand stiehlt …

Er fängt an, sich die Schuhe anzuziehen. Die Tochter kommt wieder herein. Sie hat sich in eine Wolldecke gewickelt.

Da bist du ja.

TOCHTER Du hast versucht, mich zu vergewaltigen.

VATER Natürlich habe ich das nicht versucht. Wo ist übrigens Mama? Mir war, als hätte ich sie hier gesehen?

TOCHTER Ich glaube, am besten legen wir uns jetzt schlafen.

VATER Habe ich dir wehgetan?

TOCHTER Ja, du hast mir wehgetan.

VATER Verzeih.

TOCHTER Ich will dieses Wort nicht mehr hören.

Pause.

Warum schlafen wir nicht? Warum gehen wir hier herum …

VATER Ich kann nicht schlafen, wenn der Mond scheint.

TOCHTER Dann leg dir ein Tuch über das Gesicht. Ich mache das.

VATER Ach so, das hilft? Hast du das probiert? Ja, dann werde ich es tun. Ich muss nur erst meine Schuhe ausziehen. Das wäre ja wirklich ein Elend, wenn ich mit den Schuhen schlafen würde.

Er sitzt unbeweglich auf dem Stuhl. Die Tochter bewegt sich leise durchs Zimmer.

TOCHTER Madrid …

VATER Wer ist das?

TOCHTER Das stand auf einem Schild. In der zweiten Nacht, nachdem wir an Land gebracht worden waren. Als Mama schon tot war. Da waren nur du und ich und ein schwarzer Junge mit Zahnschmerzen. Seine Wange war völlig geschwollen. Wo kam er noch her? Wir saßen in diesem dunklen Lastwagen, nur wir drei. Zweimal hielten sie, und wir durften zum Pinkeln hinaus. Ich glaube, der Junge hieß Baro. Was ist wohl mit ihm geschehen? Er machte sich aus dem Staub. In Madrid.

VATER Seine Wange war wirklich stark geschwollen. Ich muss es gesehen haben, sonst würde ich mich nicht erinnern.

TOCHTER Er hat sich aus dem Staub gemacht, als wir in Madrid stoppten. Baro, wenn er wirklich so hieß, gelang es irgendwie hinauszuspähen. All die Lichter und Autos, obwohl es mitten in der Nacht war. Eine große Stadt.

VATER Daran kann ich mich nicht erinnern.

TOCHTER Der Fahrer schob die Türe wieder zu und verriegelte sie. Aber Baro war entschlossen, er wollte fliehen. Er hat die Tür wieder aufgekriegt. Ich weiß noch, was geschah, bevor er absprang und verschwand.

VATER Was?

TOCHTER Er sah mich an, er lächelte, er hatte schöne Zähne, obwohl er Schmerzen hatte, er sah mich an, als ob er etwas gewonnen hätte. Und dann sprang er hinaus und stürzte davon. Mitten auf der Straße. Mitten unter die Autos. Er rannte auf die andere Seite hinüber zu den Häusern mit all den beleuchteten Schaufenstern.

VATER Ich kann mich an all das nicht mehr erinnern!

TOCHTER Ich sah, wie er es über die Straße schaffte. Und dann verschwand er.

VATER Der schaffte es nicht.

TOCHTER Wie willst du das wissen?

VATER Er war doch schwarz? Da schnappen die ihn sofort. Ein Schwarzer, der in einer weißen Stadt zwischen den Autos herumrennt, der schafft es nicht. Ich glaube nicht, dass du wissen willst, was mit ihm geschah.

TOCHTER Ich glaube nicht, dass die ihn erwischt haben.

VATER Wenn man die Wahl gehabt hätte, hätte man das als Nachnamen nehmen können. »Madrid«. Glaubst du, es bedeutet etwas. Klingt ansonsten als Name gut. Besser als »Svedlund«.

TOCHTER Ich habe ihn heute gesehen.

VATER War die Wange immer noch geschwollen?

TOCHTER Daran habe ich nicht gedacht. Aber er war es. Ich habe ihn auf der Straße gesehen. Auf dem Weg zum Fischhändler. Er hat Schlipse verkauft. Sieben grüne und einen blauen. Er hat sie auf dem Bürgersteig ausgebreitet.

VATER Hast du mit ihm geredet?

TOCHTER Was hätte ich ihn fragen sollen?

VATER Irgendetwas. Was auch immer. War er allein?

TOCHTER Es war noch jemand da, eine Frau. Sie verkaufte Spielsachen. Frösche, die hüpfen. Aber sie hüpften nicht. Aus gelbem Plastik. Gelbe Frösche.

VATER Alles war bereit. Ich hatte bezahlt. Als Erstes sollten wir nachts das Dorf verlassen. Niemand erwähnte auch nur mit einem Wort Container, in denen man erstickt. Es war auch nie die Rede von sterbenden Indern und der ganzen Hölle, durch die man uns schickte. Nur von Kanada.

TOCHTER Ich habe auf der Karte nachgeschaut. Wir kommen weder nach Kanada noch Australien. Das hat alles nicht gestimmt. Nichts stimmt mehr, seit wir in Europa sind. Hier haben alle Lügen angefangen. Die hätten uns nur irgendwo abladen und uns selber überlassen sollen. Himmel, begreifst du nicht, dass es da draußen niemanden gibt? Niemanden, der für uns neue Namen organisiert. Es gibt uns nicht. Wir sind verschwunden. Der Unterschied – nein, unterbrich mich nicht –, der Unterschied zwischen uns und Mama ist, dass wir noch atmen.

VATER Auch wenn es mitten in der Nacht ist, sollten wir trotzdem versuchen, ein wenig Würde zu wahren …

TOCHTER Ich weiß nicht, ob ich das aushalte. Verdammt, ja, ich fluche. Und ich werde weiterfluchen, bis du machst, was ich sage. Morgen …

VATER Gehen wir hier weg.

TOCHTER Verstehst du das jetzt endlich?

VATER Wir können sagen, dass du eine schwere Krankheit hast. Sie können ein schwer krankes Mädchen nicht ausweisen. Wir sagen einfach, du liegst im Sterben. Oder bist verrückt. Oder beides.

TOCHTER Du bist verrückt. Nicht ich. Aber du kannst Recht haben: Ich sollte vielleicht krank sein.

VATER Aids. Du könntest Aids haben. Nein, nicht Aids. Das ist zu ansteckend. Da schmeißen sie uns hinaus. Du könntest Zahnschmerzen haben.

TOCHTER Schluss jetzt. Es muss etwas sein, was man nicht nachweisen kann.

VATER Trauer. Das kann man nicht kontrollieren.

TOCHTER Das ist keine Krankheit.

VATER Dann geht es nicht.

TOCHTER Es reicht, wenn du verrückt bist. Aber wir dürfen keine Spuren hinterlassen. Haben wir noch irgendwelche Papiere?

VATER Ich habe noch meinen Gewerkschaftsausweis.

TOCHTER Den müssen wir zerreißen und wegwerfen. Hast du sonst noch etwas? Ich habe nichts. Wir dürfen keine Spuren hinterlassen. Wir kommen von nirgendwo. Und haben keine Papiere. Wir wissen nicht, wie wir hierher gekommen sind, wir wissen gar nichts. Wenn man nicht völlig identitätslos ist, kann man ausgewiesen werden. Gib mir deinen Gewerkschaftsausweis.

VATER Ich kann ihn in einen Schuh legen. Dort finden sie ihn nicht.

TOCHTER Du machst, was ich sage! Haben wir uns nicht darauf geeinigt? Dass du jetzt machst, was ich sage?

VATER Ich kann jetzt nicht danach suchen. Verdammt, man muss mir Zeit lassen, um Abschied zu nehmen.

TOCHTER Von wem?

VATER Von mir selbst. Habe ich sonst jemanden, von dem ich Abschied nehmen sollte?

TOCHTER Ich will, dass du mich reden lässt.

VATER Ich rede nie mit Polizisten.

TOCHTER Schweig jetzt! Wenn du nicht sofort ruhig bist, hören meine Nägel auf zu wachsen. Du redest so viel, dass mein Körper aufhört zu funktionieren. Das Blut rinnt nur so aus mir heraus. Pausenlos. Nichts hält sich mehr an Regeln. Hast du dich einmal gefragt, warum ich die ganze Zeit die Laken wasche und warum wir so viel Waschmittel brauchen? Glaubst du vielleicht, ich esse es? Glaubst du das? Was weiß ich, was du glaubst. Ist mir auch langsam egal. Ist doch alles nur unwichtiges Zeug, was du sagst. Die Zehennägel wachsen noch, aber die Fingernägel nicht, doch, an den Daumen, die Daumennägel wachsen, aber nicht die Fingernägel. Sie krümmen sich und werden brüchig. Das sind keine Nägel mehr, eher Fischschuppen. Alles an mir verwandelt sich in einen beschissenen Höhlenlurch, eine Tierart, die findet man nur noch unter Leuten wie mir, die man in Lastwagen und Container hinein- und hinausjagt und die nicht wissen, ob sie noch existieren oder ob sie schon tot sind und auf dem Grund des Meeres liegen. Ich schaue am Morgen in den Spiegel und traue meinen Augen nicht, will meine eigenen Augen nicht sehen. Es sind nicht meine. Auch die Zunge. Willst du meine Zunge sehen? Nein, das willst du nicht. Sie ist so eigenartig belegt. Es ist ein Gefühl, als hätte ich lauter kleine Tiere im Mund. Und all dies nur, weil du so viel redest. Bis wir aufgebrochen sind, dachte ich immer, du seist ein Mensch, der nicht weiß, wie man es anstellt zu lügen. Und ich verstehe, dass du es schwer hast, dass du Angst hast. Wenn jemand das versteht, dann ich. Aber du lügst die ganze Zeit. Doch, das tust du. Wenn du mich anfasst, werde ich dir die Augen auskratzen. Nimm dich in Acht vor meinen Daumennägeln. Du gehst tagsüber nicht hinaus. Das ist erstunken und erlogen. Ich frage mich, was du eigentlich treibst. Putzen tust du nicht. Ich räume jeden Morgen auf, bevor ich mit deinen sinnlosen Einkaufslisten losziehe. Und wenn ich nach ein paar Stunden zurückkomme, sieht es hier aus, als wärst du umhergegangen und hättest um dich gespuckt, Wände, Stühle, Boden, Handtücher – du hast dich nicht gewaschen, aber du hast die Handtücher voll gespuckt, hast sicher auch den Spiegel voll gespuckt und dich selbst. Siehst du, dass es mich gibt, hier in diesem Raum, oder bin ich für dich schon gänzlich verschwunden? Was macht das dann für einen Sinn? Ich habe etwas entdeckt, mitten in all dem Gerede und Gespucke: Weißt du was? Ich bin nicht sicher, ob ich es erklären kann, und wenn ich es erklären kann, bin ich nicht sicher, ob du es verstehst, ja, verstehen willst, weil du dir immer einbildest, du wüsstest alles besser. Es ist, als würde ich zum ersten Mal etwas fühlen. Kapierst du? Eine merkwürdige Art Gefühl, zu existieren, nicht eingeschlossen zu sein. Und das will mir nun gar nicht in den Kopf: Wie kann man sich frei fühlen, wenn man in einer Höhle sitzt und es einen nicht mehr gibt? Ich fange an zu verstehen, was ich früher nie begriffen habe, dass ich geradezu darauf erpicht sein müsste, mich bei dir unbeliebt zu machen, dass darin sozusagen der Sinn meines Lebens liegt. Warum, glaubst du, habe ich meine Haare abgeschnitten? Ich liebe meine Haare! Weil ich nicht mehr so unsichtbar sein wollte. Und das bin ich nicht mehr, wenn ich etwas tue, was ich selber bestimme, was nicht auf dieser Einkaufsliste geschrieben steht, als wäre sie die *heilige* Schrift. Du bist von den Schmugglern verarscht worden, Papa. Du hast alles vermasselt. Du hast nicht einmal Mama gerettet. Was du auch sagst, ich werde dich dafür hassen, dass du sie losgelassen hast. Bis hierher warst du mein Held, Papa. Aber jetzt nicht mehr. Wenn wir aus dem Schlamassel hier mit der Würde herauskommen wollen, die du erwartest, dann musst du mir gestatten, die Sache selber in die Hand zu nehmen. Wenn wir aus dieser Hölle herauskommen wollen, dann tun wir ab sofort, was ich sage …

VATER Am besten wird sein …

TOCHTER *freundlich, rücksichtsvoll* Kannst du nicht ein einziges Mal genau das sagen, was du wirklich denkst? Zieh die Decke rauf. Zieh sie rauf! Was wird »am besten sein«?

VATER Dass du mit den Polizisten redest.

TOCHTER Und das ist eindeutig am besten? Bist du sicher? Dass du nicht noch andere Papiere hast?

VATER Ich habe nichts. Ich will auch nichts haben.

TOCHTER Ich glaube dir nicht. Du brauchst nicht mehr zu fliehen. Du bist lange genug geflohen. Wo hast du deine Hosen? Ich will deine Taschen durchsuchen.

VATER Die Hochzeitsfotografie will ich behalten.

TOCHTER Hast du sie dabei?

VATER Mama wollte es so.

TOCHTER Gib sie mir!

VATER Du kriegst sie morgen früh. Warum darf ich die Fotos nicht behalten?

TOCHTER Es geht nicht. Und du begreifst es nicht.

Die Tochter steht rasch auf und verschwindet und kommt mit einer Fotografie wieder zurück.

Ich zerreiße sie jetzt, nur dass du das weißt. Und dieses Notizbuch. Warum hast du davon nichts erzählt?

VATER Ich habe heute gesagt, dass ich sorgfältig Buch führe.

TOCHTER Es muss verschwinden!

VATER Da steht nur, wann ich Fieber hatte und wie der Puls war. Warum liest du in meinen Aufzeichnungen?

TOCHTER Ich lese nichts.

VATER Kann ich sie nicht noch einmal sehen?

TOCHTER Anschauen ja, aber nicht anfassen. Was für einen komischen Körper du hast. Spindeldürre Arme und einen aufgeblasenen Bauch! Schau! Schau sie dir an. Nimm Abschied. Jetzt zerreiße ich sie.

VATER Noch nicht. Siehst du, wie sehr ihr euch gleicht?

TOCHTER Wir sind nicht gleich. Ich bin viel schöner.

VATER Das kannst du doch nicht sagen, jetzt, wo sie tot ist.

TOCHTER Ich kann sagen, was ich will. Wer sollte mich hindern? Auf jeden Fall nicht du.

VATER *schreit* So redest du nicht mit deinem Vater!

Die Tochter zerreißt die Fotografie, langsam und herausfordernd.

TOCHTER Ich spüle es die Toilette hinunter.

Sie geht hinaus, man hört die Spülung, dann kommt sie zurück.

Es ist halb vier. Am besten wird sein, wir schlafen jetzt. Lass das Licht an, wenn du Angst vor der Dunkelheit hast. Ich fürchte mich nicht mehr. Ich fürchte mich vor nichts mehr. Ich könnte für dich tanzen, wenn du nicht aussehen würdest wie ein Bettler.

VATER Mama tanzte …

TOCHTER Ich kapiere immer noch nicht, dass sie tot ist.

VATER Ich habe das Gefühl, sie ist hier in diesem Zimmer … Ich kann sie nicht sehen. Aber ich spüre ihren Atem. Sie ist hier im Zimmer. Jetzt. Sie hört alles …

TOCHTER Was sagt sie?

VATER Ich weiß nicht. Normalerweise habe ich geredet. Ist der Mond jetzt weg?

TOCHTER Er ist hinter den Wolken.

VATER Ich gehe jetzt schlafen.

Der Vater steht auf und verlässt den Raum. Die Tochter bleibt sitzen. Plötzlich fängt sie an zu weinen. Der Vater kommt zurück in das Zimmer. Er hat Hose und Unterhemd an und betrachtet reglos die weinende Tochter. Dann geht er in die Küche. Als er zurückkommt, hat er zwei Plastikflaschen in der Hand. Er überschüttet erst sich und dann seine Tochter mit der Flüssigkeit. Ein Geruch von Benzin oder einer anderen leicht brennbaren Flüssigkeit verbreitet sich im Zimmer.

TOCHTER Was, zum Teufel, machst du? Hör auf! Spinnst du? Hör auf, verdammte Scheiße. Hör auf! Was soll das? Das riecht nach Benzin …

VATER Ich habe die Flaschen gefunden, als ich nach der Schuhcreme gesucht habe. Es ist ein Warnzeichen auf der Flasche. Eine Flamme. Also darf man annehmen, dass es leicht brennbar ist. So hoffe ich zumindest.

Die Tochter versucht, das Zimmer zu verlassen, und zerrt gleichzeitig das Laken über ihren Kopf, aber der Vater hält sie zurück und zwingt sie, sich zu setzen.

Ich mag es nicht, wenn du weinst. Das ist alles.

TOCHTER Was ist mit dir los?

VATER Bleib sitzen. Beweg dich nicht.

TOCHTER Gott, nimm diese Streichhölzer weg!

VATER Schrei nicht so laut. Ich mag es nicht, wenn du schreist. Du klingst, als würde jemand Teller zerschmeißen. Und rede nicht über Gott. Es gibt ihn nicht. Mama gibt es. Aber nicht Gott. Er ist wie, wie soll ich sagen, wie ein Minister, der dort hinten im Dunkeln steht und Champagner trinkt und sich Zungen in die Taschen steckt.

TOCHTER Kannst du diese Streichhölzer nicht weglegen?

VATER Es ist besser, ich halte sie in der Hand, damit nichts geschieht. Wenn sie jemand anzündet, verbrennen wir beide. Liebst du mich?

TOCHTER Ja.

VATER Das klingt so eigenartig, wenn du das sagst.

TOCHTER Man muss seinen Vater lieben.

VATER Warum? Ich liebte meinen Vater nie. Ich hatte Angst vor ihm. Aber das ist ja vielleicht dasselbe.

TOCHTER Kann ich jetzt das Nachthemd ausziehen?

VATER Versuchst du mich anzumachen?

TOCHTER Ich gehe jetzt in mein Zimmer und ziehe mein Nachthemd aus und wasche mich. Und dann komme ich angezogen wieder zurück. Das dauert nur ein paar Minuten.

VATER Na, dann los.

Die Tochter steht auf, aber der Vater drückt sie wieder in den Stuhl.

Nicht jetzt.

Der Vater entzündet ein Streichholz, lässt es langsam abbrennen, bevor er es auf den Boden fallen lässt.

Ich habe mein ganzes Leben lang nichts anderes gemacht, als an andere zu denken. An dich, an Mama, an meinen Vater, solange er lebte. Er sagte immer, das Leben sei kurz, dagegen komme keiner an; es flamme kurz auf, dann sei es wieder dunkel.

TOCHTER Kannst du die Streichhölzer nicht weglegen?

VATER Da hat eine Frösche verkauft. Was hatten die für eine Farbe? Grün?

TOCHTER Gelb.

VATER Hast du dich mit ihr unterhalten?

TOCHTER Ich habe nur mit denen geredet, die du bereits kennst.

VATER Du lügst mich an! Glaubst du, ich merke das nicht?

TOCHTER Leg die Streichhölzer weg!

VATER Warum? Ich halte sie in der Hand. Ich könnte sie in eine Tasche stecken. Aber das will ich nicht. Hast du jemandem erzählt, wer du bist? Hast du von mir erzählt? Antworte einfach mit »Ja« oder

»Nein«. Wie bei einem Polizeiverhör. Ich weiß, was sich da abspielt. Mit wem hast du geredet?

TOCHTER Wie soll ich darauf mit Ja oder Nein antworten?

VATER Nur Ja oder Nein.

TOCHTER Nein.

VATER Ich habe es doch gewusst, dass ich mich auf dich verlassen kann. Mit wem hast du heute geredet?

TOCHTER Mit niemandem.

Der Vater entzündet ein Streichholz und lässt es langsam abbrennen.

Papa …

VATER Dieser Junge. Der hat es nicht geschafft, oder? Sie haben ihn gefasst und zurückgeschafft.

TOCHTER Kann ich jetzt das Nachthemd ausziehen? Nicht hier, sondern in meinem Zimmer?

VATER Du wirst doch verstehen, dass du die nicht im Nachthemd empfangen kannst, wenn die uns die Papiere bringen. Hätte ich bloß nicht vergessen, dir auf den Einkaufszettel zu schreiben, dass du eine Flasche Wein mitbringen sollst, nicht, weil ich Wein trinke, aber zum Anbieten, irgendwie müssen wir das doch feiern, dass endlich alles vorbei ist …

TOCHTER Wir sind bereits angekommen, Papa.

VATER Glaubst du das wirklich?

TOCHTER Ich bin sicher. Wenn mir nicht so kalt gewesen wäre und wenn ich nicht so gestunken hätte, hätte ich deine Hand gehalten, bis die kommen.

VATER Ich wusste es die ganze Zeit, dass die heute kommen werden. Ich wohne gerne noch weiter hier. In der schönsten Wohnung meines Lebens. Man muß nur die Möbel ein wenig umstellen. So ist es, als wäre man in einem Container eingesperrt. Aber dann wird alles gut. Ich werde mir eine Schildmütze anschaffen. Einen Hund vielleicht. Magst du Hunde? Sollen wir uns einen Hund anschaffen?

TOCHTER Ich möchte gerne einen Hund.

VATER Ich wusste nicht, dass du Hunde magst.

TOCHTER Ich liebe Hunde.

VATER Liebst du mich?

TOCHTER Ich liebe dich.

VATER Es wird alles gut hier. Diese Wohnung ist gut. Noch ein paar Tage, dann bin ich bereit, mit einer Arbeit anzufangen. Ein gut ausgebildeter Tischler wird nicht ohne Anstellung bleiben müssen. Ich kann auch Maurer lernen, wenn das sein muss.

Stille.

TOCHTER Willst du etwas Tee haben?

VATER Ja, das wäre gut. Machst du ihn? Aber haben wir noch Zucker?

TOCHTER Wir haben Zucker.

VATER Ich möchte gerne Tee.

Die Tochter steht auf.

Wohin willst du?

TOCHTER Ich soll doch Tee kochen?

VATER Du gehst nirgendwohin ohne meinen Befehl. *Er zündet wieder ein Streichholz an.* Setz dich auf den Stuhl.

Die Tochter setzt sich auf den Stuhl.

TOCHTER Ich will nicht sterben.

Der Vater macht sich bereit, sich anzuzünden. Die Tochter ist vor Panik gelähmt.

VATER Was sagtest du? Hast du etwas gesagt?

TOCHTER Mama … Ich habe solche Angst …

VATER Ich auch. Hat sie auch Angst? Mama?

TOCHTER Ja. Leg die Streichhölzer jetzt weg.

VATER Der Einkaufszettel ist noch nicht fertig.

TOCHTER Wir müssen ihn machen.

VATER Wir müssen ihn machen. Ich wollte dir noch etwas geben. Was war das noch?

TOCHTER Deine Gewerkschaftskarte.

VATER Die werde ich nie weggeben.

Der Vater setzt die ganze Streichholzschachtel in Brand, hält sie vor sich hin und nähert sich der Tochter, im letzten Augenblick hält er inne. Die Flamme erlischt langsam. Die Tochter steht auf, nahe der Ohnmacht. Sie nimmt die ausgebrannte Schachtel, öffnet das Fenster und wirft sie hinaus. Der Vater verlässt das Zimmer, kommt zurück, gibt ihr seine Gewerkschaftskarte. Dann setzt er sich und greift nach den Schuhen. Die Tochter schaut ihm zu, sinkt dann an seiner Seite zu Boden und nimmt ihn in die Arme.

TOCHTER Jetzt trinken wir Tee, Papa. Das wäre doch gut? Tee? Ein wenig Tee? Jeder eine Tasse. Nicht mehr. Dann gehen wir hinaus.

Dunkel.

Nachweise der Druck- und Aufführungsrechte

Antilopen
Originaltitel: »Antiloperna«
Aus dem Schwedischen von Hansjörg Betschart
© Henning Mankell, 1989
© Fischer Taschenbuch Verlag in der S. Fischer Verlag GmbH, Frankfurt am Main, 2003
Uraufführung: Stockholms stadsteater, 25. Oktober 1991
Regie: Stefan Ekman
Deutschsprachige Erstaufführung: Hessisches Staatstheater Wiesbaden, 20. September 2002
Regie: Beat Fäh
Deutschsprachige Aufführungsrechte: S. Fischer Verlag GmbH, Frankfurt am Main

Der gewissenlose Mörder Hasse Karlsson enthüllt die entsetzliche Wahrheit, wie die Frau über der Eisenbahnbrücke zu Tode gekommen ist
Originaltitel: »Den samtvetslöse mördaren Hasse Karlsson avslöjar den hemska sanningen om kvinnan som frös ihjal pa en járnvägsbro«
Aus dem Schwedischen von Hansjörg Betschart
© Henning Mankell, 1990
© Fischer Taschenbuch Verlag in der S. Fischer Verlag GmbH, Frankfurt am Main, 2003
Uraufführung: Teater Västerbotten, Skellefteå, 1991
Regie: Roland Klockare
Deutschsprachige Erstaufführung: SCHAUBURG – Theater der Jugend am Elisabethplatz, München, 4. Juni 2002
Regie: Maria Knilli
Deutschsprachige Aufführungsrechte: S. Fischer Verlag GmbH, Frankfurt am Main

Zeit im Dunkeln
Originaltitel: »Mörkertid«
Bearbeitung von Erik Uddenberg
Aus dem Schwedischen von Hansjörg Betschart
© Henning Mankell, 2001
© Fischer Taschenbuch Verlag in der S. Fischer Verlag GmbH, Frankfurt am Main, 2003
Uraufführung: Stockholms stadsteater (Unga Klara), 2001
Regie: Suzanne Osten

Deutschsprachige Erstaufführung: schauspielfrankfurt,
voraussichtlich im Mai 2003
Regie: Henning Mankell
Deutschsprachige Aufführungsrechte: S. Fischer Verlag GmbH,
Frankfurt am Main

Theater

Herbert Achternbusch
Die Einsicht der Einsicht
Theaterstücke
Band 12923
Es ist niemand da
Enthält das Stück:
Der Stiefel und sein Socken
Band 11399

Edward Albee
Wer hat Angst vor Virginia Woolf ...?
Band 7015

Elias Canetti
Dramen
Band 7027

Ariel Dorfman
Der Tod und das Mädchen
Band 11426

Marguerite Duras
La Maladie de la Mort
Die Krankheit Tod
Band 7092

Hubert Fichte
Ödipus auf Håknäss
Band 10843

Dieter Forte
Kaspar Hausers Tod
Band 7050
Martin Luther & Thomas Münzer oder Die Einführung der Buchhaltung
Band 7065

Witold Gombrowicz
Operette
Band 7075
Die Trauung
Geschichte
Band 7070
Yvonne, die Burgunderprinzessin
Band 7069

Hugo von Hofmannsthal
Elektra
Tragödie in einem Aufzuge
Band 12366
Jedermann
Band 10871
Der Schwierige
Band 7111

Theater

Thomas Hürlimann
Das Lied der Heimat
Alle Stücke
Band 14277

Eugène Ionesco
Die Nashörner
Band 7034

Arthur Miller
Ein Blick von der Brücke
Band 10399
Hexenjagd
Band 7108
Tod eines Handlungsreisenden
Band 7095

Eugene O'Neill
Alle Kinder Gottes haben Flügel
Band 10641
Alle Reichtümer der Welt
Band 11144
Eines langen Tages Reise in die Nacht
Band 15278
Der Eismann kommt
Band 7155
Der Große Gott Brown
Band 10640
Der haarige Affe
Band 10629
Hughie
Band 10639
Jenseits vom Horizont
Band 10642
Kaiser Jones
Band 10278
Ein Mond für die Beladenen
Band 10182
O Wildnis!
Band 10471
Seltsames Intermezzo
Band 10638
Trauer muß Elektra tragen
Band 7154

Arthur Schnitzler
Reigen/Liebelei
Zwei Stücke
Band 7009

Neil Simon
Komödien I
Ein seltsames Paar,
Plaza Suite,
Der letzte der feurigen Liebhaber
Band 11986

Fischer Taschenbuch Verlag

fi 666 003 / 2 / b

Theater

Neil Simon
Komödien II
California Suite,
Sonny Boys,
Gerüchte... Gerüchte...
Band 12456
Komödien III
Ein ungleiches Paar, Jakes
Frauen, Ein Gag für Max
Band 12924

Marlene Streeruwitz
Waikiki-Beach.
Und andere Orte.
Die Theaterstücke
Band 14693

Theater Theater
Herausgegeben von
Uwe B. Carstensen/
Stefanie von Lieven
Aktuelle Stücke 1
Band 10717
Aktuelle Stücke 3
Band 11741
Aktuelle Stücke 5
Band 12737
Aktuelle Stücke 10
Band 14950
Aktuelle Stücke 11
Band 15252
Aktuelle Stücke 12
Band 15664

Anton Tschechow
Drei Schwestern und
andere Dramen
Band 12925

Franz Werfel
Jacobowsky und der Oberst
Komödie einer Tragödie
Band 7025

Thornton Wilder
Unsere kleine Stadt
Band 7022
Wir sind noch einmal
davongekommen
Band 7029

Carl Zuckmayer
Der fröhliche Weinberg/
Schinderhannes
Zwei Stücke
Band 7007
Der Hauptmann
von Köpenick
Ein deutsches Märchen
Band 7002
Der Rattenfänger
Band 7114
Des Teufels General
Drama in drei Akten
Band 7019

Fischer Taschenbuch Verlag

fi 666 003 / 3 / c

Peter Brook

Das offene Geheimnis

Gedanken über Schauspielerei und Theater

Aus dem Englischen von Frank Heibert

Band 14390

Das offene Geheimnis, das dritte Buch des bedeutenden englischen Theater-, Film- und Opernregisseurs Peter Brook, ist ein brillanter, spannender Text über Theaterkunst in Theorie und Praxis. Mit einer Fülle von Gedanken und Beispielen aus seiner internationalen Arbeit, von Erlebnissen und Erfahrungen mit verschiedenen Produktionen, Experimenten und Schauspielern vermittelt Peter Brook ein lebendiges, greifbares Bild seiner Auffassung von Theater, Ausdruck, Bühne, Regie und Publikum, von Sprache und dramatischer Literatur sowie seiner künstlerischen Entwicklung, seiner kulturpolitischen und kunstphilosophischen Einsichten, die eine Grundlage seiner Arbeit bilden. Für Brook ist das Leben im theatralischen Akt konzentrierter, isolierter, intensiver und damit künstlich, doch im Idealfall sogar lebendiger als das reale Leben.

Fischer Taschenbuch Verlag

fi 1252 / 7

Erik Fosnes Hansen

Momente der Geborgenheit

Roman

Aus dem Norwegischen von Hinrich Schmidt-Henkel

Band 14719

Jedes Leben ist eine Sammlung von Geschichten und Zufällen, die auf unvorhersehbare Weise einem Prinzip gehorchen. Davon erzählt der neue Roman von Erik Fosnes Hansen in einem weitgefächerten Panorama aus Zeit und Raum. Der Leser wird aus einem Norwegen unserer Tage auf eine schwedische Insel um die Wende zum 20. Jahrhundert und dann nach Italien in die Frührenaissance versetzt. Geheimnisvolle Lebensgeschichten – wundersam erzählt.

»Das ist selten, daß ein Erzähler uns durch soviele Welten und Jahrhunderte führt, es ist wie in Tausendundeiner Nacht ein wirkliches Leseabenteuer, breit, geduldig, ausschweifend, opulent.«

Elke Heidenreich

Fischer Taschenbuch Verlag

fi 14719 / 1

Per Olov Enquist
Der Besuch des Leibarztes
Roman
Aus dem Schwedischen
von Wolfgang Butt
Band 15404

Zwei Jahrzehnte vor Ausbruch der französischen Revolution kommt der Arzt und Aufklärer Struensee aus Altona an den Hof des dänischen Königs Christian VII. Ein kleinwüchsiger, kindlicher, kranker König, der mit der dreizehnjährigen englischen Prinzessin Caroline Mathilde verheiratet wurde, die weinte, als sie nach Dänemark reiste. »Die Königin ist einsam, nehmen Sie sich ihrer an!« befiehlt der König seinem Leibarzt. Und die drei werden Figuren in einer unaufhaltsamen und bewegenden Tragödie.

»Ein einzigartiges Buch ... atemberaubend spannend
... ein ungemein frivoler erotischer Roman.
›Der Besuch des Leibarztes‹ liest sich
wie großes Kino, im Ohr der Klang
einer großen Oper.“
Hajo Steinert, Focus

»... ein leidenschaftlicher Roman über Macht und
Politik ... Ein Buch, das man nicht mehr
aus der Hand legen möchte.«
Max Eipp, Stern

Fischer Taschenbuch Verlag

fi 15404 / 1

Per Olov Enquist
Die Kartenzeichner
Roman
Aus dem Schwedischen von Wolfgang Butt
Band 15405

Als Kind, so erinnert sich Per Olov Enquist, verbrachte er lange Abende damit, Karten zu zeichnen – von seiner schwedischen Heimat ebenso wie von phantastischen Ländern. Auch die Literatur ist für ihn ein System aus Zeichen, das Reales genauso abzubilden vermag wie Imaginäres. ›Die Kartenzeichner‹ – eine poetische Landvermessung der eigenen Biographie und des 20. Jahrhunderts in Worten – ermöglichen einen persönlichen Zugang zum Denken, Schreiben und der Welt dieses bedeutenden schwedischen Autors, dessen einzigartiger Roman ›Der Besuch des Leibarztes‹ ein großer Publikumserfolg wurde.

»›Die Kartenzeichner‹ sind ein Buch
von europäischem Rang.«
Heinrich Vormweg

Fischer Taschenbuch Verlag

fi 15405 / 1